KB075682

춘향전

폭력 앞에서 당당할 수 있을까?

춘향전

폭력 앞에서 당당할 수 있을까?

글 장주식 | 그림 영민

지학사아르볼

들어가는 글

춘향, 사랑밖에 모르는 여인일까?

로미오와 줄리엣 이야기, 알고 있지요? 사랑을 지키기 위해 죽음을 선택한 연인의 이야기는 수많은 사람들을 감동하게 했습니다.

사랑 때문에 어떠한 비극이라도 받아들인 소설 속 주인공이 또 있습니다. 《춘향전》의 춘향 역시 사랑을 지키려고 목숨을 건 열녀로 유명하지요. 그런데 과연 춘향은 사랑만을 위해 살았던 여인일까요?

이 도령이 첫눈에 반해서 춘향에게 사랑한다고 매달렸을 때를 생각해 봐요. 그때 춘향은 냉정했습니다. 양반인 당신이 나중에 나를 버리고 떠나면 어찌하느냐? 정말로 나를 사랑한다면 어떤 일이 일어나더라도 조강지처로 대우하겠다는 맹세를 해라.

춘향의 고운 얼굴에 눈이 먼 이 도령은 어떤 요구라도 마다할 이유가 없지요. 춘향은 다시 말합니다. 충신은 두 임금을 섬기지 않고 열녀는 두 지아비를 섬기지 않는다고, 그러니 나는 지금부터 오로지 이 도령 당신만을 사랑하겠다고 말이지요. 그러니까 이 도령도 그러겠다고 약속하라는 거예요. 물론 이 도령은 두 번 생각도 하지 않고 그러겠다고 합니다.

춘향은 뒷날 변학도에게도 충신과 열녀의 도리를 강조합니다. 사대부들의 말로 하면 '충신불사이군 열녀불경이부(忠臣不仕二君 烈女不更二夫)'가 되겠지요.

그런데 이는 춘향의 통쾌한 역공입니다. 조선의 선비들은 충신이 두 임금을 섬기지 않는다는 말을 절개의 표현으로 받들었습니다. 선비들은 이러한 틀을 여성에게도 적용해, 가혹한 정절을 요구했습니다. 한 임금을 따르는 충신처럼 여성도 한 남자를 위해 목숨을 바치라는 식이었지요. 그리고 이를 따른 여자를 '열녀'라는 이름으로 불렀습니다. 혼인을 약속한 남자가 죽었을 경우에도 여자는 평생 혼자 살아야 했어요. 이러한 불합리함을 '열녀'라는 이름으로 포장하고 칭송했던 것입니다.

춘향은 부조리한 선비들의 요구를 역으로 이용합니다. 이 도령에게는 사랑을 맹세하게 할 때 이야기하고, 변학도에게는 수청을 거부할 때 정당한 논리로 써먹지요. 이 도령과 변학도는 여성을 착취하는 양반가 남성들을 대표하는 인물이라 할 수 있어요. 양반가 남성들이 그토록 귀중하게 여기는 논리를 그들에게 되돌려 주는 속 시원한 반격이라 하겠습니다.

그러니 이쯤에서 춘향에 대해서도 재평가해 볼까요?

춘향은 이 도령이 사랑해 주기만을 바라는 연약한 여성이 아닙니다. 변학도의 모진 매를 견디는 것은 열녀라서가 아닙니다. 겉으로 드러난 한 면만 보고 춘향에 대해 단정 지을 수는 없습니다.

춘향은 기생이 아니라고 당당하게 외칩니다. 제아무리 고을 수령이라도 마음대로 품을 수 있는 여자는 아니라는 것이지요. 춘향의 말은, 한 인간으로서 존엄을 지키려는 행위이기도 합니다.

바로 이것이 춘향의 진정한 모습입니다. 학대받고 착취당해 온 여성이 한 인간으로서 남성과 어깨를 나란히 하겠다는 선언이라고 보아도 되겠습니다.

《춘향전》을 통해 살펴볼 수 있는 주제들이 많습니다. 청춘 남녀의 지고지순한 사랑을 읽을 수 있고, 신분제의 그늘에서 백성들이 신음하는 사회를 비판할 수도 있으며, 남녀 차별을 넘어서려는 인간 해방의 문제를 고민해 볼 수도 있지요. 게다가 《춘향전》은 매우

유쾌해 읽는 재미가 있는 소설이기도 하지요.

재미와 감동 그리고 묵직한 주제. 모든 면이 서로 잘 조화를 이루고 있는 고전이 바로 《춘향전》입니다. 그래서 우리는 《춘향전》을 우리나라 고전 소설 중 첫손가락으로 꼽는 데 주저하지 않는 것이지요.

자, 그럼 이제 《춘향전》의 세계로 들어가 볼까요?

● **장주식**

Part 1 | 고전 소설 속으로

고전을 아름다운 그림과 함께 담아냈습니다. 원전에 충실하면서도 어려운 단어를 최대한 줄이고 쉽게 풀이하여, 재미난 이야기를 마주하듯 술술 읽을 수 있도록 했습니다.

Part 2 | 물음표로 따라가는 인문학 교실

고전은 오늘의 우리를 비추는 거울이며, '인문학'을 담고 있는 그릇입니다. 이 책은 고전의 재미를 더하고, 우리 고전을 인문학적인 관점에서 바라볼 수 있도록 구성되었습니다.

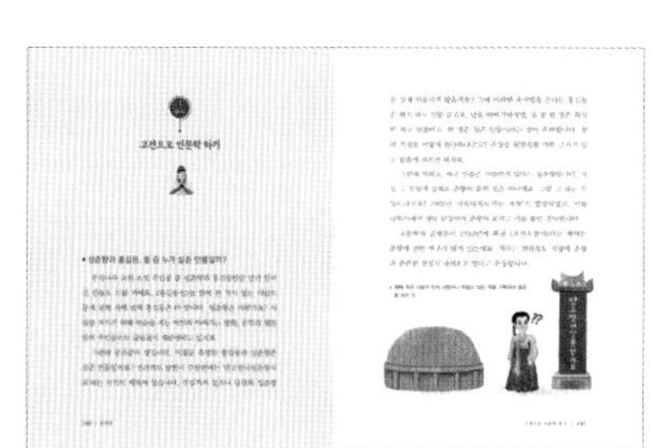

• **고전으로 인문학 하기**

고전 소설을 읽고 나면 머릿속에는 여러 질문들이 떠오라요. 물음표에 대한 답을 따라가 보세요. 배경지식이 쑥쑥 늘어날 거예요.

• **고전으로 토론하기**

고전의 내용에 기반한 가상 대화가 이어집니다. '고전으로 토론하기'를 통해 다르게 생각하는 힘을 길러 보세요.

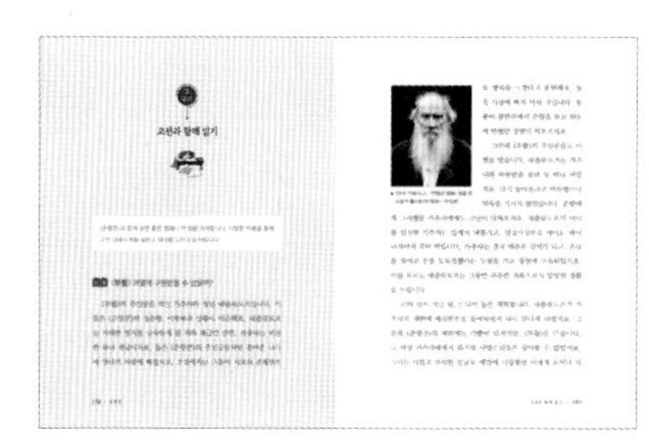

• **고전과 함께 읽기**

함께 읽으면 더욱 좋은 문학, 영화, 드라마 등을 소개합니다. 비슷한 주제가 다른 작품에서는 어떻게 표현되었는지 살펴보고 생각의 폭을 넓히세요.

차례

Part 1 | 고전 소설 속으로

Part 2 | 물음표로 따라가는 인문학 교실

춘향전
고전 소설 속으로
우리 고전 소설의
재미와 감동을
오롯이 느껴 봅시다.

•

"네 성은 무엇이며 나이는 몇인가?"

"성은 성가이고 나이는 열여섯이로소이다."

"허허, 나와 동갑인 이팔이라. 혼인하여 평생 같이 즐겨 보자꾸나."

•

성춘향, 이 도령을 만나다

조선 숙종 시절, 전라도 남원 땅에 월매라는 기생이 살았다. 월매는 이름난 기생이었지만 성 참판이라는 양반의 아내가 되면서 기생을 그만두었다.

그런데 부부 사이에 문제가 있었으니, 월매 나이 마흔이 되도록 자식이 없던 것이다. 그게 한이 되고 병이 되어 하루는 월매가 남편에게 이렇게 말했다.

"이보시오. 나는 무슨 죄가 그리 많아 자식 하나 없단 말이오. 가까운 친척도 없으니 내가 죽은들 누가 장사 지내며 누가 제사상을 차려 주겠소. 우리 이름난 산이나 찾아가서 기도해 봅시다. 아들이든 딸이든 하나만 낳으면 내 평생 한이 풀리겠소."

"팔자에 없는 자식이 빌고 빈다고 생기겠소?"

"천하의 큰 성인인 공자도 부모가 니구산*에 빌어서 태어났다 하더이다. 우리도 정성이나 드려 봅시다."

할 수 없이 성 참판은 고개를 끄덕였다.

월매는 흥이 나서 며칠 동안 깨끗이 몸을 씻고 지리산을 찾았다. 반야봉에 올라서서 사방을 살펴보니 좋은 산이 분명하렷다. 꼭대기에 제단을 만들고 제물 정성 들여 차려 놓고, 단 아래 엎드려 빌고 또 빌었다.

그날로부터 얼마 뒤인 오월 오일, 월매는 문득 잠들어 꿈을 꾸었다.

하늘에 온통 오색이 영롱하더니 한 선녀가 푸른 학을 타고 왔다. 머리에는 꽃으로 된 관을 쓰고 몸에는 색동옷을 둘렀다. 귀걸이며 몸에 단 노리개 소리가 요란하게 울렸다. 선녀가 말했다.

"저는 하늘나라 선녀인데, 옥황상제께 죄를 지어 인간 세상으로 내려왔습니다. 갈 곳을 몰라 서성이고 있다가 부인 댁으로 가라기에 왔지요. 저를 어여삐 여기소서."

그러더니 월매의 품으로 와락 달려들었다.

* **니구산** 중국의 산동성에 있는 산으로, 공자가 여기서 태어났다고 한다.

월매는 화들짝 놀라서 깼다. 꿈 이야기에 성 참판도 놀라기는 마찬가지였다.

그날 밤, 부부는 함께 기대하며 달게 하룻밤을 지냈다. 그것참 꿈이 맞는지 그날부터 태기가 있었다. 열 달이 지나자 온 방에 향기가 가득하더니 옥 같은 딸이 태어났다.

남들은 아들이 아니라 아쉽다 하나, 월매에게는 아들보다 귀한 딸이었다. 그 사랑을 어찌 말로 다하랴. 딸의 이름을 춘향이라 짓고 보석같이 길러 내니, 효심 지극하고 인자함 또한 빼어났다. 7살쯤 되어 책을 읽기 시작하고 이웃에 예의 바르게 행동하니 마을에서 칭찬하지 않는 이가 없었다.

한편 서울 삼청동에는 이 한림이라는 사람이 있었다. 대대로 명문이요 충신의 후예라. 임금은 충성스런 관리를 가려 뽑아서 지방 원님으로 내려보내고 있었는데, 이때 이 한림 또한 임금의 눈에 띄어 남원 부사로 부임하게 되었다. 남원에 온 이 한림은 지역 백성을 잘 다스렸다.

이 한림에게는 열여섯 난 아들이 있었다. 아들은 사또 자제 이 도령이라 불렸다. 풍채가 좋고 도량이 넓은 데다 문장을 잘 짓고 글씨도 잘 썼다.

이때가 어느 계절인가. 바야흐로 놀기 좋은 봄날이라. 온갖 새들은 숲에서 지저귀고 저마다 짝을 찾아 사랑을 나눈다. 꽃 피는 남산, 붉게 물든 북산, 천만 갈래 버들가지에서 황금새는 벗을 부른다.

하루는 이 도령이 흥취를 이기지 못해 방자를 불러 말했다.

"이 고을에 아름다운 곳이 어디냐? 봄기운이 흘러넘치니 놀러나 가자꾸나."

"글공부하시는 도련님이 좋은 경치는 왜 찾소?"

"이놈, 너 무식한 말이로다. 글공부란 모름지기 좋은 경치에서 하느니라. 시의 왕 이태백은 채석강에서 놀았고, 문장의 달인 소동파는 적벽강에서 놀았으며, 세종 대왕께서는 보은 속리산 문장대에서 노셨느니라. 역사가 이러하니 나 또한 아니 놀지는 못하리라."

방자가 이 도령 기에 눌려 남원 경치를 두고 이런저런 말을 늘어놓았다.

"서울, 평양, 보은, 진주, 밀양, 전주에도 뭐 좋은 경치 많다 합디다만, 남원 경치 들어 보시오. 동문 밖 나가시면 천은사 좋사옵고, 서문 밖 나가시면 관왕묘* 당당함이 예나 지금이나 한결같고, 남문 밖 나가시면 광한루, 오작교, 영주각 좋사옵고, 북문 밖 나가

* **관왕묘** 중국 삼국 시대 촉한의 장수 관우를 모시는 사당.

시면 연꽃 같은 봉우리 푸른 하늘에 깎은 듯이 솟은 교룡산성 좋사오니 내키는 대로 갑시다요."

"야야, 광한루와 오작교가 좋겠구나. 어서 구경하러 가자."

이 도령이 방자더러 기다리라 하고, 사또 앞에 가서 공손하게 여쭈었다.

"오늘 날씨가 화창하오니 잠깐 나가 풍월을 읊으며 시를 짓고 싶습니다. 나들이를 허락해 주시옵소서."

"오냐. 남쪽 고을을 잘 둘러보고 시나 한 편 생각해 오너라."

사또는 흔쾌히 허락했다. 이 도령 방을 나가자마자 얼른 방자에게 말했다.

"방자야, 나귀에 안장 지워라."

나들이 준비를 하는데, 그 모습이 볼 만하다. 옥 같은 고운 얼굴에 숱 많은 머리 곱게 빗어 머릿기름으로 잠재운 뒤, 비단 댕기로 맵시 있게 잡아 딴다. 저고리에는 흰모시 박음질 바지, 좋은 명주 겹버선에 푸른 비단 대님*을 찬다. 남빛 비단 민소매 덧저고리에 호박 단추 달아 입고, 두꺼운 비단 허리띠를 찬 뒤 소매 넓은 웃옷에 도포를 받쳐 입었다. 마지막으로 검은 띠를 가슴에 눌러 매고 가죽신을 신었다.

* **대님** 한복에서, 남자들이 바지를 입은 뒤에 그 가랑이의 끝 쪽을 접어서 발목을 졸라매는 끈.

이 도령이 치장을 마치고 밖으로 나와 방자에게 호령했다.

"나귀를 붙들라!"

방자가 나귀 고삐를 잡고 서자 이 도령이 나귀 허리에 선뜻 올라앉았다. 남쪽 넓은 길로 나가 광한루에 훌쩍 올라 사방을 바라보니 경치가 참으로 좋구나. 늦은 아침 적성산에는 안개가 떴고 푸른 나무에는 가지마다 봄이 깃들었다.

이날은 바로 오월 단옷날이었다. 한 해 중 가장 아름다운 시절이라. 월매 딸 춘향이도 봄기운에 끌려 그네 타러 나왔다. 춘향이 시녀 향단을 앞세우고 나오는데 그 모습이 볼 만하다. 난초같이 고운 머리는 곱게 땋아 봉황 새긴 비녀로 단정히 맸다. 비단 치마 두른 허리는 가는 버들가지 같다. 고운 태도로 아장아장 걸어 길게 뻗친 숲속으로 들어가니, 금잔디 좌르르 깔린 곳에 황금 같은 꾀꼬리가 쌍쌍이 날아든다.

버드나무 높은 곳에 매인 그네를 타려고 춘향이 옷을 벗었다. 비단 초록 장옷*과 남색 명주 치마를 훨훨 벗어 걸어 두고, 자주색 비단 꽃신도 던져두고, 흰 비단 새 속옷은 턱 밑에 추켜올렸다. 그넷줄을 두 손에 하나씩 잡고 그네에 오른 뒤, 버선 신은 두 발로 힘

* **장옷** 예전에, 여자들이 나들이할 때에 얼굴을 가리느라고 머리에서부터 길게 내려 쓰던 옷.

껏 굴렀다.

"향단아, 밀어라!"

한 번 굴러 힘을 주며 두 번 굴러 또 힘을 주니, 발밑에 작은 티끌은 바람 좇아 펄펄. 앞뒤 점점 멀어 가니 머리 위의 나뭇잎은 몸을 따라 흔들흔들. 오고 갈 때 살펴보니 높고 넓은 흰 구름 사이로 번갯불이 쏘는 듯 잠깐 사이에 앞뒤가 바뀌는구나. 그네 타던 춘향이 소리쳤다.

"향단아, 그네 바람이 독하다더니 정신이 아찔하구나! 그넷줄 붙들어라."

그때 마침 숲 건너 광한루에 앉았던 이 도령이 그네 타는 춘향을 보았다. 이 도령은 옆에 선 통인* 방자에게 물었다.

"저 건너 숲속에 오락가락 희뜩희뜩 어른어른하는 게 무엇인지 자세히 보아라."

통인이 살펴보고 말했다.

"이 고을 기생 월매의 딸 춘향이란 계집이로소이다."

"오, 그러하냐. 아주 좋다. 훌륭하구나."

"춘향의 어미는 기생이오나 춘향이는 도도하여 기생 구실 마다하였습니다. 글자도 공부하고 품행이 단정하기로 소문이 자자하옵

* **통인** 조선 시대에 수령의 잔심부름을 하던 사람.

니다.”

“기생 딸이면 기생이지 무슨 말이 그리 많으냐!”

이 도령이 허허 웃고 방자를 불러 명령했다.

“저기 그네 타는 계집이 기생 딸이라 하니, 급히 가서 불러오너라.”

“아니 되오. 춘향이는 눈같이 흰 피부에 꽃다운 얼굴로 여기 일대에 이름 높아 관찰사, 군수, 현감이 하나같이 만나 보려 했지만 모두 실패했소. 미모에 덕행에 세상의 온갖 아름다움을 다 갖춰 여자 중에 군자라 합니다. 황공한 말씀이나 춘향이를 불러 보기는 어렵소이다.”

이 도령이 껄껄껄 크게 웃고 말했다.

“이놈, 방자야. 참으로 무식한 놈이로다. 물건에는 제각각 주인

이 있다는 것을 모르느냐. 형산에서 나는 백옥과 여수에서 나는 황금도 각각 임자가 있느니라. 잔말 말고 불러오너라."

결국 방자는 도련님 분부를 어길 수 없어 춘향이를 데리러 갔다.

방자는 파랑새가 날듯 이리저리 건너가서 춘향이를 불렀다.

"여봐라, 춘향아!"

난데없는 큰 소리에 춘향이 깜짝 놀라 방자를 타박했다.

"무슨 소리를 그따위로 질러서 사람을 놀라게 하느냐!"

"말을 마라, 너 일 났다."

"일이라니, 무슨 일?"

"사또 자제 도련님이 광한루에 오셨다가 네가 노는 모양 보고 불러오라고 하신다."

춘향이가 발칵 화를 냈다.

"너 참으로 미친 자식이다. 도련님이 나를 어찌 알고 부른단 말이냐? 이 자식아, 네가 종달새 삼씨 까먹듯* 나를 일러바쳤지?"

"그럴 리가 있느냐? 내가 왜 네 말을 하느냐! 그리고 네가 그르지 내가 그르냐? 너 그른 이유 들어 보아라. 계집아이가 그네를 타려면 네 집 정원 담장 안에 줄을 매고 타야 옳지. 여기는 광한루가 멀지 않고 지금은 향기로운 풀이 꽃보다 좋은 봄이라. 앞 시냇가 버들은 초록색 휘장을 둘렀고 뒤 시냇가 버들은 연두색 휘장을 둘러, 한 가지는 늘어지고 한 가지는 흐늘흐늘 춤을 추지 않느냐. 이런 때 네가 그네를 뛰어 흰 구름 사이 노닐 적에 붉은 치맛자락이 펄펄, 흰 속옷 갈래는 동남풍에 펄렁펄렁, 박속같은 네 살결이 희뜩희뜩하니 도련님이 보시고 미치지 않겠느냐. 내가 무슨 말을 했단 말이냐. 잔말 말고 건너가자."

"네 말이 그럴듯하긴 하나 내 말을 들어 봐라. 오늘은 단옷날이라 그네 타는 처자가 나뿐이 아니다. 다른 처자들도 많은데 도련님이 하필 나를 콕 찍어 부르라 했겠느냐?"

"어허, 그렇다니까."

"우연히 나를 보고 불렀다고 해도 내가 기생도 아닌데 갈 이유 전혀 없다. 입 아프니 긴말 마라."

* '종달새 삼씨 까먹듯'이라는 표현은 작은 소리로 시끄럽게 재잘거리는 모습을 이를 때 쓴다.

방자 하는 수 없이 광한루로 돌아와 이 도령에게 이 사실을 알렸다. 이 도령이 고개를 끄덕였다.

"오, 춘향이 말이 옳도다. 다시 가서 말을 전하되 이리이리 하여라."

방자가 다시 건너가니 춘향이는 이미 집으로 돌아간 뒤라. 뒤이어 춘향이 집을 찾았더니 춘향 어미와 춘향이 마주 앉아 점심을 먹는 중이었다. 춘향이 들어오는 방자를 보고 물었다.

"왜 또 오느냐?"

"도련님이 다시 전하라신다."

"뭐라시냐?"

"들어 봐라. '내가 너를 기생으로 안 것이 아니다. 네가 글을 잘한다기에 청하노라. 여염집 처자를 불러 민망하지만, 꺼리지 말고 잠깐 다녀가거라.'라고 하셨다."

춘향이 이 도령과 연분이 되려고 그랬는지 갑자기 갈 마음이 났다. 하지만 어미의 허락을 받지 못해 한동안 말을 않고 앉았는데, 춘향 어미 월매가 고개를 갸웃하더니 말했다.

"꿈이 다 헛것은 아닌 모양이다. 간밤 꿈에 난데없이 연못에 잠긴 청룡이 보이기에 무슨 좋은 일이 있으려나 했다. 내 들으니 사또 자제 도련님 이름이 몽룡이라 하던데, '꿈 몽(夢) 자 용 룡(龍) 자'가 신통하게 맞는구나. 양반이 부르는데 아니 갈 수 있느냐. 잠깐 다녀오너라.”

춘향이 그제야 못 이기는 척 겨우 일어나 광한루로 건너갔다.

광한루 찾아가는 춘향의 걸음을 봐라. 볕 잘 드는 마당에 아기작아기작 씨암탉걸음으로, 흰모래 바다의 금자라 걸음으로, 달 같은 몸짓 꽃다운 얼굴로 천천히 건너간다.

이 도령이 난간에 기대어 그윽이 바라보는데 춘향이가 오는 것이 보였다. 이 도령이 자세히 살피니, 요염하기도 하고 정숙하기도 하여 세상에 둘도 없는 미인이라. 춘향이 고운 걸음 단정히 옮겨 누각에 올라 부끄러운 듯 가만히 서 있자, 이 도령이 방자를 불러 말했다.

“앉으라고 일러라.”

춘향의 앉는 모습이 갓 비가 내린 바다에 제비가 내려앉듯 하는구나. 아름다운 얼굴은 구름 사이 밝은 달이요, 붉은 입술 반쯤 여니 강 가운데 핀 연꽃이라.

춘향이 자리에 앉은 뒤 고개를 살짝 들어 이 도령을 살펴본다. 이마가 높으니 젊은 나이에 이름을 날리겠고, 턱이며 광대뼈가 조화를 이뤘으니 충신이 되겠구나. 춘향은 사내가 마음에 들어 아무도 모르게 살짝 미소를 지었다.

이 도령이 방자를 물러나게 하고 춘향에게 직접 물었다.

“네 성은 무엇이며 나이는 몇인가?”

"성은 성가이고 나이는 열여섯이로소이다."

"허허, 그 말 반갑구나. 나와 동갑인 이팔이라. 같은 성끼리는 결혼을 안 한다는데, 성씨도 다르니 하늘이 정한 인연이로다. 혼인하여 평생 같이 즐겨 보자꾸나. 부모님은 모두 살아 있으신지?"

"올해 육십 되시는 홀어머니 아래 있소이다."

"형제는 몇인가?"

"무남독녀라 나 하나요."

"너도 귀한 딸이로다. 하늘이 정한 인연으로 우리 둘이 만났으니 변치 않는 즐거움을 누려 보자."

춘향이 태도 봐라. 고운 눈썹 찡그리며 붉은 입술 반쯤 열고, 가는 목소리 고운 음성으로 말한다.

"옛글에 충신은 두 임금을 섬기지 않고 열녀는 지아비를 바꾸지 않는다고 합니다. 도련님은 귀공자요 소녀는 천한 계집이라. 한번 정을 맡긴 뒤에 도련님이 바로 버리시면 일편단심 이내 마음, 홀로 누워 우는 한을 어찌하리오. 그런 분부 마옵소서."

"네 말을 듣고 보니 이 아니 기특하냐. 우리 둘이 인연을 맺으면 굳은 맹세를 돌에도 새기고 쇠에도 새기지. 내가 너를 왜 버린단 말이냐. 네 집이 어디냐? 네 어미에게 허락을 받자."

"방자 불러 물으소서."

이 도령이 허허 웃고 고개를 끄덕였다.

"네 말이 옳구나. 오늘 밤 내가 너희 집에 갈 것이니 부디 괄시나 말거라."

"나는 몰라요."

"네가 모르면 쓰겠느냐. 잘 가거라. 오늘 밤에 만나자꾸나."

춘향이 일어나 누각을 내려갔다.

춘향이 집에 오니 어미가 반갑게 맞이하며 물었다.

"애고 내 딸, 이제 오냐. 도련님이 뭐라 하시더냐?"

"뭐라긴요. 조금 앉았다가 가겠다고 일어나니 저녁에 우리 집에 오시겠답디다."

"너는 뭐라 대답했느냐?"

"모른다고 했지요."

"오냐, 잘하였다."

"아이고 놓아요. 좀 놓아요."

"어디, 놓다니. 안 될 말이로다."

하루 이틀 지나가니 사랑은 깊어질 대로 깊어져

〈사랑가〉를 부르는구나.

사랑을 약속하다

이 도령 춘향을 보낸 뒤 공부방으로 돌아왔으나 공부가 될 턱이 없다. 오로지 생각나는 건 춘향이라. 말소리 귀에 쟁쟁하고 고운 태도 눈에 삼삼하다. 해 지기를 기다리느라 하루가 일 년 같다. 자꾸 방자를 불러 묻는다.

"해가 어디쯤 있느냐?"

"동쪽에서 아귀 트나이다.*"

이 도령 불같이 화를 냈다.

"이놈! 이 괘씸한 놈! 시간이 이렇거늘 해가 다시 뜬다고? 네놈

* '아귀 트다'는 싹이 튼다는 뜻으로 쓰인다. 본문에서는 해가 뜨는 것을 비유한 말로 쓰였다.

두근
두근

이 상전을 놀리느냐? 다시 살펴봐라."

방자가 고개를 주억거리며 물러났다. 겨우 해가 지고 저녁밥이 들어왔다. 이 도령은 저녁밥도 맛이 없어 먹는 둥 마는 둥 물리고 퇴령* 소리만 기다렸다.

시간이 빨리 갈까 책을 펴고 읽어 본다. 《시경》을 읽는다.

"서로 소리 주고받는 새가 물가에서 노는구나. 아름다운 춘향이는 군자의 좋은 짝이로다……. 에라, 그 글 못 읽겠다."

《시경》을 던지고 《대학》을 폈다.

"대학의 도는 덕을 밝게 하는 데 있으며, 백성을 새롭게 하는 데 있으며 또한 춘향이에게 있도다……. 에라, 그 글도 못 읽겠다."

《대학》을 던지고 《맹자》를 읽는다.

"맹자가 위나라 양혜왕을 만나자 양혜왕이 말하기를, 천 리 길을 마다 않고 오셨으니 춘향이 보러 오셨나이까? 애고, 이 글도 못 읽겠다."

《맹자》를 던지고 《주역》을 읽는다.

"원은 형코 이코 정코 춘향이 코 내 코 맞대면 좋코. 아이코, 이건 더 못 읽겠다."

이 도령 이 책 저 책 다 던지고 비스듬히 앉았다가 《천자문》을

* **퇴령** 지방 관아에서 일하는 관리들에게 물러가도록 허락하던 명령.

펴 들었다.

"하늘 천 땅 지."

방자가 밖에서 듣고 문 앞에 앉아 여쭈었다.

"도련님, 코 흘리는 어린애나 읽는 천자문이 웬일이오?"

"이놈! 천자문이 사서삼경*의 기본이니라. 양나라 때 주홍사라는 자는 하룻밤에 천자문을 짓고 머리가 하얗게 세었단다."

"소인 놈도 천자문 조금 압니다요."

"네가 안단 말이냐?"

"알다뿐이오? 들어 보시오. 높고 높은 하늘 천, 깊고 깊은 땅 지, 홰홰 친친 검을 현, 불타다 누를 황."

"이놈, 상놈은 상놈이로구나. 어디 길거리에서 잡된 타령하는 놈의 말을 들었구나. 내가 읽을 것이니 들어 봐라. 하늘은 자시*에 열렸으니 태극이 광대하다 하늘 천, 땅은 축시*에 열렸으니 오행과 팔괘로 땅 지, 삼십삼천* 빌고 빌어 열렸으니 사람의 마음을 가리킨다 검을 현, 스물여덟 별자리 청적황백흑옥색 중의 순한 색 누를

* **사서삼경** 《논어》, 《맹자》, 《중용》, 《대학》의 네 경전과 《시경》, 《서경》, 《주역》의 세 경서를 이른다.
* **자시** 십이시(十二時)의 첫째 시로, 밤 11시부터 오전 1시까지이다.
* **축시** 십이시(十二時)의 둘째 시. 오전 1시부터 3시까지이다.
* **삼십삼천** 불교의 우주관에서 비롯되는 세계의 하나.

황. 에라, 못하겠다. 애고애고, 춘향이 보고 지고."

이 도령 아예 길게 누워 한탄하다 방자를 불렀다.

"방자야."

"예."

"퇴령 놓았나 보아라."

"아직 아니 놓았소."

이 도령 한숨을 후유 내쉬는데 마침 "성문 닫아라!" 퇴령 소리 길게 났다. 이 도령이 벌떡 일어났다.

"좋다 좋다, 옳다 옳아. 방자야, 등불에 불 밝혀라."

이 도령이 방자를 앞세우고 춘향 집을 찾아간다. 이 도령이 등불 높이 드는 방자를 나직한 목소리로 꾸짖었다.

"사또 방에 불 비치니 등불을 옆에 껴라."

관아를 나설 때까지 걸음도 가만가만 걷는다.

삼문 밖 썩 나서니 좁은 길 사이에 달빛이 영롱하다. 꽃 사이 푸른 버들 이리저리 꺾였고 골목길에 놀던 아이들은 밤이 되니 집 안으로 들어갔구나. 춘향네 집 다다르니 깊은 밤이라 인적이 매우 고요하다.

이때 춘향은 거문고를 비껴 안고 한 곡조 연주하다 졸음에 겨워 하품한다. 방자가 개 짖을까 걱정되어 가만가만 조용조용 춘향 방

창문 밑에 다가섰다.

"춘향아, 잠들었냐?"

춘향 화들짝 놀라 눈을 번쩍 떴다.

"네 어찌 왔냐?"

"도련님이 와 계신다."

춘향 그 말 듣고 가슴이 울렁울렁 부끄럼을 못 이겨 재빨리 건넌방으로 달려가 어미를 깨웠다.

"애고 어머니, 무슨 잠을 이다지도 깊게 주무시오."

흔드는 통에 춘향 어미 잠이 깼다.

"아, 왜 그냐? 뭘 달라고 부르느냐?"

"누가 뭘 달랬소?"

"그럼 왜 불렀느냐?"

"도련님이 방자 모시고 오셨다오."

춘향이 엉겁결에 거꾸로 말했으나 춘향 어미 바로 알아듣는다.

"방자가 도련님을 모시고 와?"

"에구, 그렇다오."

춘향 어미 벌떡 일어나 문을 활짝 열고 "향단아!" 하고 소리쳐 부른다. 향단이 "예." 대답하며 냉큼 달려오자 춘향 어미 단단히 이른다.

덩기덩
둥당

"뒤 초당*에 불 밝히고 자리를 펴라."

춘향 어미 나이 육십이 되었으나 자태가 곱고 단정하였다. 수줍기도 하고 점잖기도 한 몸짓으로 방자를 따라 이 도령을 맞으러 나갔다. 이 도령은 대문 밖에서 이리저리 거닐고 있었다. 춘향 어미가 이 도령에게 인사하고 우뚝 섰다.

"도련님 문안이 어떠하오?"

"아, 춘향 어미요? 평안한가?"

"예, 겨우 지내옵니다. 오실 줄 몰라 제대로 마중을 못 하였나이다."

"허허, 괜찮네."

춘향 어미가 앞에 서서 대문 중문 다 지나서 후원으로 들어간다. 오래된 별당에 불을 밝혔는데, 버들가지 늘어져 불을 가린 모양은 구슬발*이 갈고리에 걸린 듯하다. 별당 오른쪽 벽오동은 맑은 이슬 뚝뚝 떨어져 학의 꿈을 깨우는 듯하고 왼쪽 소나무는 맑은 바람 건듯 불어 늙은 용이 감긴 듯하구나.

창문 앞에 심은 온갖 화초는 속잎이 빼어나고, 연못 속의 연꽃은 물 밖에 겨우 떠서 활짝 펴 있고, 대접 같은 금붕어는 물결쳐서

* **초당** 억새나 짚 따위로 지붕을 인 조그마한 집채. 흔히 집의 몸채에서 따로 떨어진 곳에 지었다.
* **구슬발** 구슬 따위를 꿰어 만든 발.

출렁이며 툼벙툼벙한다. 계수나무 아래 삽살개가 컹컹 짖는데 연못 가운데 오리 두 마리는 손님 온다고 두둥실 떠오는구나.

발소리를 듣고 춘향이 문을 반만 열고 나오는데, 둥근 태양이 구름 밖에 솟아난 듯 눈이 부셨다. 부끄러운 듯 조심조심 마당에 내려서는 모습이 이 도령 애간장을 다 녹이는구나.

"피곤하지는 않느냐? 저녁밥이나 잘 먹었느냐?"

춘향 얼른 대답 않고 묵묵히 섰더니 춘향 어미 대신 나서서 어서 방으로 듭시라고 권했다. 춘향 어미는 방에 들어가 앉은 이 도령에게 차도 권하고 담배도 붙여 올렸다.

이 도령은 춘향에게 마음이 있어 왔으나 막상 별로 할 말이 없다. 춘향은 방 한쪽에 그림처럼 묵묵히 앉아 있다. 이 도령 민망하여 그저 방 안을 휘휘 둘러보는데 춘향 어미가 물었다.

"귀하신 도련님이 누추한 곳을 찾아 주시니 황공합니다."

이 도령은 그 말이 반가워 말구멍이 열렸다.

"황공하기는. 늦은 밤에 찾은 내가 미안하지. 광한루에서 춘향을 잠깐 보고 안타깝게도 그냥 보냈네. 그리하여 꽃을 찾는 벌과 나비의 취한 마음으로 찾아왔다네. 오늘 밤에 나는 춘향 어미 자네를 보러 왔거니와, 자네 딸 춘향과 백년가약을 맺고자 한다네. 자네 마음은 어떠한가?"

"말씀은 황송하나 내 말도 들어 보오. 자하골 성 참판이 남원에 오셨을 때 잉태하여 낳은 것이 저것이라. 성 참판 서울 가신 뒤 젖줄 떨어지면 저것을 데려가신다더니 불행하게도 일찍 세상을 버리셨소. 결국 서울로 못 보내고 저것을 길러 낼 때 어려서 잔병치레 그리도 많았다오. 족보 있는 자식이라 그런지 하나를 들으면 열을 알고 행실이 단정하니 뉘라서 내 딸이라 하리오. 어미가 기생이라 재상집은 안 되고, 사대부는 높고, 서인은 낮으니 다 마땅하지 않아 혼인이 늦어 밤낮으로 걱정이오. 도련님은 사대부 집 자제이온데 춘향과 혼인을 기약한단 말이 어디 될 말이오. 그런 말씀 마시고 놀다가 가옵소서."

이 말이 어디 참말이랴. 춘향 어미가 앞날이 어찌 될지 몰라 걱정하는 말이었다. 하지만 이 도령은 곧이듣고 기가 막혀 애원한다.

"춘향도 미혼이요, 나도 장가들기 전이라. 무슨 흉이 되겠나. 정식 혼인은 못 한다 하더라도 양반의 자식이 한 입으로 두말할 리 있나."

"또 내 말 들으시오. 옛말에 이르기를, 신하는 군주가 알고 아들은 아비가 안다 하니 딸 알기는 어미만 한 이 있겠소. 내 딸 깊은 속은 내가 안다오. 어려서부터 굳은 뜻이 있는 아이라오. 한번 마음을 준 지아비가 있다면 소나무 한겨울에도 푸르듯 내 딸 마음은 변치 않을 거요. 그런데 도련님이 욕심 부려 인연을 맺었다가 부모님께 혼이 나고 소문이 무서워 내 딸 버리시면, 내 딸 신세 어쩌겠소. 무늬 좋은 거북 등껍질과 구슬 꿰는 구멍이 깨진들, 맑은 강에 놀던 원앙이 짝 하나를 잃은들 어찌 내 딸 같겠는가. 도련님은 깊이 헤아리소서."

이 도령은 속이 답답하고 약이 바짝 올랐다.

"그런 건 걱정 마소. 내 마음이 간절하고 굳은 마음 가슴속에 가득하오. 춘향이 사정을 내가 어이 모르겠나. 내 춘향이를 조강지처같이 여길 것이네. 내 부모도 염려 말고 장가들기 전이라고 걱정도 말게. 대장부 한번 먹은 마음이니 허락만 하여 주오."

이 도령 말 듣고 가만히 앉았던 춘향 어미는 꿈꾼 것이 있는지라 허락하여 말했다.

"봉새 나오니 황새 나오고 장군 나오니 용마 나온다오. 남원에 춘향 나니 봄바람에 오얏꽃*답구나. 향단아, 술상 대령하여라!"

오얏꽃은 이 도령의 성 '이(李)'를 빗댄 말이었다. '이'에 오얏꽃이라는 뜻이 있기 때문이다. 향단이 기다렸다는 듯 술상을 올리는데 술안주가 푸짐하고 볼 만하다. 큰 그릇에 소갈비찜, 작은 그릇에 제육찜, 풀풀 뛰는 숭어찜, 푸드덕 나는 메추리탕, 동래 울산의 큰 전복, 소의 염통산적, 싱싱한 꿩의 다리, 생밤, 찐 밤, 잣, 호두, 대추, 석류, 유자, 곶감, 앵두, 맛난 배를 층층이 쌓아 올렸다. 술

* **오얏꽃** 자두꽃.

병 차림도 볼 만하다. 티끌 없는 백옥병, 푸른 바다 산호병, 목 긴 황새병, 목 짧은 자라병, 황금으로 칠한 주전자, 은으로 만든 주전자, 붉은색 구리로 만든 주전자를 차례로 놓았다. 술도 갖가지다. 포도주, 자하주, 송엽주, 연엽주, 소주, 약주, 과하주, 천일주, 백일주를 금주전자에 가득 부어 청동화로 흰 숯불에 뜨겁지도 차갑지도 않게 데워 낸다. 춘향 어미가 술 권하자 이 도령이 거하게 한 잔 마시고 물었다.

"고을 원님 잔치도 아닌데, 어찌 이리 상이 떡 벌어지는가?"

춘향 어미 대답한다.

"내 딸 춘향 곱게 길러 좋은 낭군 만나 평생토록 금슬 좋게 살기 바랐소. 사랑방에 오는 손님 대접하려면 보고 배우지 않고서 어찌 준비하리. 아내가 변변치 못하면 남편의 낯을 깎음이라. 내 생전에 힘써 가르쳐서 춘향이 그대로 행하기를 바랐다오. 돈 생기면 온갖

물건 사 모아 내 딸 눈에도 익히고 손으로도 익히게 했소. 부족하다 마시고 구미 맞는 대로 드시오."

춘향 어미 말을 마치고 잔에 술을 가득 부어 이 도령에게 권한다. 이 도령이 술잔 받아 마시고 한탄 섞어 말했다.

"내 마음대로 할 수 있다면 예를 갖춰 정식으로 혼인하고 싶소. 하지만 국법이 지엄하여 그러질 못하고, 개구멍서방*으로 들고 보니 참으로 원통하오. 그러나 춘향아, 설워 마라. 이 사랑이 첫사랑이다. 우리 둘이 이 술을 혼례 술로 알고 먹자."

이 도령이 술을 한 잔 직접 따라 춘향에게 건네며 말한다.

"이 술로 내 약속하마. 우리가 맺은 연분 천만년이라도 변치 않을 연분, 자식을 많이 낳아 증손자 고손자를 무릎 위에 앉혀 놓고 백 살까지 함께 살다 한날한시에 마주 누워 앞뒤 없이 죽자꾸나."

또 술을 한 잔 따라 춘향 어미에게 주며 말한다.

"장모, 경사스러운 술이니 한 잔 드소."

춘향 어미가 술잔을 받아들고 기쁜 듯 슬픈 듯 말한다.

"오늘이 딸의 평생을 맡기는 날이라 무슨 슬픔이 있을까마는, 저것을 길러 낼 때 제 아비 없이 서럽던 일 떠오르니 영감 생각이 간절하오."

* **개구멍서방** 정식 혼례를 올리지 않고 남몰래 드나들며 남편 행세를 하는 남자를 낮잡아 이르는 말.

"이왕 지난 일이니 생각 말고 술이나 드소."

이 도령이 춘향 어미에게 석 잔을 권해 먹이고 방자를 불렀다.

"상을 물려라. 너도 먹고 향단이도 먹어라."

상을 물린 뒤, 춘향 어미는 춘향 방에 자리를 깐다. 원앙금침 잣베개에 샛별 같은 요강을 마련했다. 밤은 깊어 춘향 어미, 향단이, 방자 다 물러가고 이 도령과 춘향이 둘만 남았구나.

자, 춘향과 이 도령 둘만 딱 마주 앉아 놓았으니 그 일이 어찌 되었으랴. 이 도령이 두 팔을 구부정하게 들고 춘향의 섬섬옥수*를 꼭 잡았다가 두 손을 썩 놓더니 춘향의 가는 허리를 담쑥 안았겠다.

"아이고 놓아요. 좀 놓아요."

* **섬섬옥수**(纖纖玉手) 가냘프고 고운 여자의 손을 이르는 말.

춘향이가 처음일 뿐 아니라 부끄러워 몸을 뒤트는데, 이리 곰실 저리 곰실 푸른 물에 붉은 연꽃이 잔잔한 바람을 만나 나부끼는 것 같다.

"어디, 놓다니. 안 될 말이로다."

이 도령은 이리 굼실 저리 굼실 동해의 청룡이 굽이를 치는 듯하다. 실랑이하는 중에 춘향 옷끈이 풀어지고 덩달아 옷이 활씬 벗겨지니 춘향이 이불 속으로 달려든다. 이 도령도 왈칵 달려들어 이불 속에서 마주 안고 누웠구나. 삼베 이불 춤을 추고, 샛별 요강은 장단을 맞춰 챙그랑 쟁쟁, 문고리는 달랑달랑, 등잔불은 가물가물,

아주 잘 자고 났구나.

하루 이틀 지나가니 사랑은 깊어질 대로 깊어져 〈사랑가〉를 부르는구나. 똑 이 모양으로 놀던 것이었다.

사랑 사랑 내 사랑이야
어화둥둥 내 사랑아, 어화 내 간간 내 사랑이로구나
여봐라 춘향아 저리 가거라 가는 태를 보자
이만큼 오너라 오는 맵시를 보자
방긋 웃고 아장아장 걸어라 걷는 태를 보자
너와 내가 만난 사랑 연분을 팔자 한들 팔 곳이 어디 있나
생전 사랑 이러하니 어찌 죽은 뒤 기약이 없겠느냐
너는 죽어 될 것 있다 너는 죽어 계집 녀(女)가 되고
나는 죽어 아들 자(子)가 되어 두 글자 딱 붙여
좋을 호(好)로 만나 보자
사랑 사랑 내 사랑이야

이렇게 사랑가를 부르며 놀다가 흥이 더욱 솟아나 이 도령이 말했다.

"춘향아, 우리 업음질 놀음이나 하여 보자."

"애고 잡상스러워라. 업음질을 어떻게 하여요."

"업음질이 세상에 젤 쉬우니라. 너와 내가 업고 놀고 안고 놀면 그게 업음질 아니냐."

"애고, 난 부끄러워 못 하겠소."

"에라, 요 계집아이야! 안 될 말이로다."

이 도령이 춘향에게 달려드는데 늙은 범이 살찐 암캐를 물듯, 북해 흑룡이 여의주를 입에 물고 오색구름 사이를 뛰노는 듯, 춘향의 가는 허리를 후려 담쏙 안고 기지개를 아드득 떨었다. 이리저리 달아나던 춘향이 도령에게 잡혔는데 얼굴이 달아올라 이마에 구슬땀이 송글송글 앉았구나. 이 도령이 춘향에게 이른다.

"자, 춘향아. 이제 업히거라."

"싫어요."

"싫기는 뭐가 싫으냐."

이 도령이 등을 대고 앉으니 춘향이 못 이기는 체 업힌다. 이 도령은 춘향을 업고 추어올리며 말했다.

"아따 그 계집아이, 똥집 장히 무겁구나. 네가 내 등에 업히니까 마음이 어떠하냐?"

"엄청나게 좋소이다."

"좋냐?"

"좋아요."

"나도 좋다. 좋은 말을 할 것이니 너는 대답만 하여라."

"대답 잘할 테니 말씀만 하여 보아요."

"네가 금이냐?"

"금이라니 당치 않아요."

"네가 옥이냐?"

"옥이라니 당치 않아요."

"그럼 네가 무엇이냐? 해당화냐?"

"해당화라니 당치 않아요."

"그러면 네가 무엇이냐? 호박이냐, 진주냐, 산호냐?"

"그것도 다 아니오."

"네가 그럼 무엇이냐. 날 홀려 먹는 불여우냐? 네 어머니 너를 낳아 곱게도 길러 내어 나만 홀려 먹으라고 하였느냐?"

"아니에요, 아니에요."

"사랑 사랑 내 사랑이야. 너 무엇을 먹으려느냐. 생밤 삶은 밤을 먹으려느냐. 둥글둥글 수박 꼭지를 잘 드는 칼로 뚝 떼고 강릉에서 나는 좋은 꿀을 두루두루 부어 은수저로 푹 떠 붉은 점 한 점을 먹으려느냐?"

"아니, 나는 싫어요."

"그러면 무엇을 먹으려느냐. 시큼털털 개살구를 먹으려느냐."

"아니, 그것도 나는 싫어요."

"그러면 무엇을 먹으려느냐. 돼지를 잡아 주랴 개를 잡아 주랴? 아니면 내 몸을 통째로 먹으려느냐?"

"여보 도련님, 내가 사람 잡아먹는 것 보았나요?"

"에라 요것, 안 될 말이로다. 어화둥둥 내 사랑이지. 춘향아, 그만 내리려무나. 온갖 일에는 다 품앗이가 있느니라. 내가 너를 업었으니 너도 나를 업어야지."

"애고, 도련님은 기운이 세서 나를 업었지만 나는 기운이 없어 못 업어요."

"업는 수가 있느니라. 발이 땅에 닿을 듯 말 듯하게 뒤로 접힌 듯하게 업어 다오."

춘향이 이 도령을 업으려고 툭 추어올리니 몸이 뒤틀렸구나.

"에그, 잡상스러워라."

이 도령이 이리 흔들 저리 흔들 자꾸 흔들리며

"네가 날 등에 업고 보니 마음이 어떠하냐? 나도 너를 업고 좋은 말을 하였으니 너도 좋은 말을 해 보아라."

"좋은 말 하오리다. 들으시오. 가슴속에 큰 생각을 품었으니 대신을 업은 듯, 충신을 업은 듯, 충무공을 업은 듯, 퇴계 이황, 율곡 이이를 업은 듯, 내 서방이지 내 서방, 알뜰 간간 내 서방이야. 진사에 급제하고 대제학, 대사성, 판서, 좌의정, 우의정, 영의정이 다 되는구나. 내 서방 알뜰 간간 내 서방이지."

"좋구나. 좋아."

이렇게 온갖 장난을 하고 논다. 이팔과 이팔 두 청춘이 만나 미친 마음 세월 가는 줄 모르고 놀더라.

•

"양반의 자식이 아버지 따라 지방에 왔다가

기생집에서 첩을 만나 데려가면 앞날도 좋지 않고

조정에 들어가도 벼슬을 못 한다는구나.

이별밖에는 수가 없다."

춘향이 그 말 듣더니 별안간 얼굴색을 바꾸며 안절부절못한다.

•

성춘향과 이 도령, 이별하다

어느 날 아침, 방자가 허겁지겁 이 도령을 찾았다.

"도련님, 사또께옵서 부르시오."

이 도령 얼른 들어가 사또를 뵈었다.

"서울서 동부승지* 벼슬을 내린다는 명이 내려왔다. 나는 문서와 장부를 처리하고 갈 것이니 너는 식구들을 데리고 내일 바로 떠나거라."

이 도령은 깜짝 놀랐다. 아버지 벼슬이 올랐으니 한편으론 반가우나 춘향을 생각하니 가슴이 답답하다. 사지에 맥이 풀리고 두 눈

* **동부승지** 조선 시대 승정원에 속한 정3품 관직. 승정원은 국왕의 비서 기관이다.

멍~

에서 더운 눈물이 펑펑 솟아 옷깃을 적신다. 사또가 깜짝 놀라 물었다.

"왜 우느냐? 우리가 남원에서 평생 살 줄 알았더냐? 나의 승진은 집안의 영광이니, 섭섭하게 생각 말고 이제 짐을 급히 꾸려 내일 오전 중에 떠나거라."

"예."

이 도령 겨우 대답하고 물러났다. 가만히 생각하다가 어머니를 찾아가 춘향이 이야기를 하였다. 도움을 얻을까 말한 것이었으나 오히려 꾸중만 실컷 들었다.

이 도령은 하릴없이* 춘향 집을 찾아갔다. 설움이 기가 막혀 눈물이 마구 솟지만 길에서는 울 수 없어 참느라 속이 부글부글 끓는다. 춘향 집에 도착하여 참은 눈물 한꺼번에 왈칵 쏟아 놓으니

"어푸어푸 어허!"

요상한 소리가 난다. 춘향이 깜짝 놀라 내달으며 물었다.

"애고, 이게 무슨 일이오? 집에서 꾸중 들으셨소? 오시다가 무슨 분한 일을 당하였소? 서울서 무슨 기별이 왔다더니 상복 입을 일이 생기셨소? 점잖으신 도련님이 이것이 웬일이오?"

* **하릴없이** 달리 어떻게 할 도리 없이

춘향이 이 도령 목을 담쏙 안고 치맛자락을 걷어잡고 옥 같은 얼굴에 흐르는 눈물을 이리 씻고 저리 씻으면서 달랬다.

"울지 마오. 울지 마오."

그러나 울음이란 것이 누가 말리면 더 나오는지라. 이 도령이 큰 소리로 엉엉 울어 대자 춘향이 화가 나서 소리쳤다.

"여보 도련님! 우는 입 보기 싫소. 그만 울고 얼른 까닭이나 말해 보오."

"사또께서 동부승지가 되셨다."

"댁의 경사 아니오. 왜 운단 말이오?"

"너를 버리고 갈 터이니 답답한 일 아니냐."

춘향이 조금도 놀라지 않고 오히려 좋아하며 말했다.

"언제는 남원 땅에 평생 사실 줄 알았소? 나와 어찌 함께 가기를 바라리오. 도련님이 먼저 올라가시면 나는 여기서 팔 것 팔고 뒤에 갈 것이니 아무 걱정 마시오. 내가 올라가더라도 큰 부인은 될 수 없을 터이니, 큰댁 가까이 방이 두엇 되는 조그만 집이나 얻어 주오. 어미와 내가 그곳에서 공짜 밥은 먹지 않을 것이오. 도련님이 나만 믿고 장가 아니 갈 수 있겠소. 요조숙녀를 만나 혼인할지라도 저를 아주 잊지는 마시오. 그만하면 충분한데 무슨 걱정에 운단 말이오."

"그게 무슨 말이냐. 네 얘기를 아버님께는 못 하고 어머님께 여쭈었다 꾸중만 바가지로 먹었다. 양반의 자식이 아버지 따라 지방에 왔다가 기생집에서 첩을 만나 데려가면 앞날도 좋지 않고 조정에 들어가도 벼슬을 못 한다는구나. 이별밖에는 수가 없다."

춘향이 그 말 듣더니 별안간 얼굴색을 바꾸며 안절부절못한다. 붉으락푸르락 눈을 가늘게 뜨고 눈썹을 꼿꼿이 세우며 코는 벌렁벌렁 이를 뽀드득 갈더니, 온몸을 수수 이파리 틀듯 하고 매가 꿩을 꿰차듯 나앉더니 "허허 이게 웬 말이야!" 소리 지르며 치맛자락도 와드득 좌르륵 찢어 버리고 머리카락도 와드득 쥐어뜯어 싹싹 비빈 뒤 이 도령 앞에 내던졌다.

"무엇이 어쩌고 어째요? 이것도 쓸데없다."

거울이며 빗이며 집어던져 방문 밖에 탕탕 부딪치며, 발도 동동 구르고 손뼉도 딱딱 치더니 돌아앉아 탄식하는 노래를 부른다.

서방 없는 춘향이가 세간 무엇하며
단장은 해서 뉘 눈에 사랑받을까
몹쓸 년의 팔자로다
이팔청춘 젊은 년이 이별할 줄 어이 알리
부질없는 이내 몸은 허망한 약속 탓에
신세 버렸구나 애고애고 내 신세야

울며불며하다가 춘향이 펄떡 돌아앉아 이 도령을 똑바로 쳐다보며 말했다.

"여보 도련님. 지금 말씀이 참말이요, 농담이요? 우리 둘이 처음 만나 인연을 맺은 것이 누가 시켜서 한 일이오? 그것이 아닌데 웬 핑계요. 도련님이 광한루에서 날 잠깐 보고 내 집 찾았으니 깊은 밤중에 나는 여기 앉고 도련님은 저기 앉아, 내 손을 부여잡고 천 번 만 번 맹세하기에 내 정녕 믿었소. 이렇듯 가실 때엔 톡 떼어 버리시니 이팔청춘 젊은 것이 낭군 없이 어찌 살꼬. 모질도다, 모질도다. 도련님이 모질도다. 독하도다, 독하도다. 서울 양반 독하도다. 원수로다, 원수로다. 신분 제도 원수로다. 천하에 다정한 게 부부간 정이건만 이렇듯 독한 양반 이 세상에 또 있을까. 애고애고 도련님, 춘향 몸이 천하다고 그저 함부로 버려도 되는 줄 알았소? 춘향이가 입맛 없어 밥 못 먹고 잠이 안 와 잠 못 자면 며칠이나 살 듯하오? 사랑에 병이 들어 울다가 죽게 되면 불쌍한 내 영혼은 억울한 귀신 될 것이니 귀하디귀한 도련님은 편할 줄 아시오? 마오 마오 사람대접을 그리 마오. 죽고 지고. 죽고 지고. 애고애고 서러워라."

춘향이 온몸에 진이 다 빠지도록 서럽게 울고 또 운다. 춘향 어미는 앞뒤 사정도 모르고 밖에서 듣다가 흉을 보았다.

"아이고, 저것들이 사랑싸움을 하는구나. 정말 아니꼽다. 눈구

석에 쌍가래톳 설 일 많이 보네.*”

그러나 아무래도 춘향 울음이 너무 긴 것이 신경이 쓰인다. 하던 일을 미뤄 놓고 방문에 가까이 가서 가만가만 들어 보니 이별 일이 났구나.

“허허, 이거 일 났다. 일 났어.”

춘향 어미가 두 손바닥 부딪쳐 땅땅 치며 소리를 냅다 질렀다.

“동네 사람들! 다 들어 보오. 오늘 우리 집에 사람 둘 죽습니다!”

춘향 어미가 방문을 왈칵 열고 우르르 내달아 춘향을 주먹으로 겨누며 말했다.

“이년 이년 썩 죽어라. 살아서 쓸데없다. 너 죽은 시체라도 저 양반이 지고 가게. 저 양반 올라가면 뉘 간장을 녹이려느냐. 이년 이년 말 들어라. 내 항상 이르기를 후회하기 십상이니 도도한 마음 먹지 말라지 않더냐. 형편과 신분이 너와 같고 재주와 인물이 너와 같은 짝을 얻어 내 앞에서 노는 모습을 보면 너도 좋고 나도 좋지. 마음이 고상하여 유별나게 굴더니 잘되고 잘되었다.”

춘향을 혼내다가 갑자기 돌아앉아 이 도령에게 달려들었다.

“말 좀 해 보시오. 내 딸 춘향 버리고 간다 하니 무슨 죄로 그러

* ‘눈구석에 쌍가래톳이 선다’는 말은 어이가 없고 기가 막혀 눈에 독기가 서린다는 뜻이다.

시오? 도련님 모신 지 일 년이 되었으되 행실이 그르던가 예절이 그르던가 바느질이 그르던가 언어가 불순하던가. 이 봉변이 웬일이오. 내 딸 춘향 어린것을 밤낮으로 사랑한다 약속하고 영원히 떠나 살지 말자며 밤낮으로 달래더니, 결국 이렇게 똑 떼어 버리시니 버들가지 천만 갈래인들 가는 봄바람 어이하며 꽃이 떨어지면 어느 나비가 다시 올까. 도련님 가신 뒤에 내 딸 춘향이 님 그릴 때 맑고 밝고 깊은 밤에 첩첩이 쌓인 근심, 긴 한숨에 나는 눈물은 고운 얼굴 붉은 치마 다 적시고, 벽만 안고 돌아누워 밤낮으로 울 것이니 병 아니면 무엇이오. 병이 깊어 원통히 죽게 되면 육십 살 늙은 나는 딸 잃고 사위 잃고 홀로 남은 이내 몸은 뉘를 믿고 살아가나. 애고애고 서럽다. 못 하오, 못 하오. 몇 사람 신세를 망치려고 이리 한단 말이오. 도련님은 대가리가 둘 달렸소? 애고 무서워라, 이 몰인정한 양반아!"

춘향 어미가 말끝에 울음을 꺽꺽 내놓으니 이 도령 멍하니 앉았다가 이렇게 달랬다.

"여보소, 장모. 춘향이는 데려갈 것이니 그만하소."

"그렇지 그래, 아니 데려가고 견뎌 낼까."

"허허. 너무 거세게 굴지 말고 앉아서 차분히 말 좀 듣소. 춘향을 데려간대도 좋은 가마에 태워 가면 반드시 소문이 날 것이니 다른 도리가 없소. 내 기가 막히는 중에도 좋은 꾀를 생각하고 있네

만 이 말이 입 밖에 나면 양반 망신만 당하는 게 아니라 우리 조상님도 모두 망신당할 말이로세."

"무슨 꾀이기에 그렇소?"

"내일 식구들이 나오실 때 그 뒤를 따라 조상님 신주 모신 가마가 나올 거요."

"그래서요?"

"그만하면 모르겠나?"

"난 모르겠소."

"신주는 얼른 내 웃옷 소매에다 모시고 대신 춘향이를 가마에 태워 갈 수밖에 다른 수가 없네. 좋은 꾀 아닌가?"

춘향 어미 월매가 이 도령 말을 듣고 기가 막혀 아무 말도 못 하고 앉았다. 춘향이 이 도령을 물끄러미 바라보더니, 제 어미를 돌아보며 말했다.

"그만하시오, 어머니. 도련님을 너무 조르지 마시오. 우리 모녀 평생 신세가 도련님께 달렸으니 알아서 하라고 당부나 하오. 이번은 아마도 이별밖에 수가 없을 듯하오. 이왕에 이별할 바에야 가시는 도련님을 졸라서 무엇 하오. 아이고, 내 팔자야. 어머니 건넌방으로 건너가오. 내일은 아마도 이별이 될까 보오. 애고애고 내 신세야. 이별을 어찌할꼬."

춘향 어미가 방을 나가자 춘향이 도령에게 바짝 다가앉았다.

"여보 도련님."

"응?"

"참으로 이별을 할 테요?"

촛불을 켜고 둘이 마주 앉아 갈 일을 생각하고 보낼 일을 생각하니 정신이 아득하고 한숨이 절로 나고 눈물에 목이 멘다. 춘향이 이 도령 얼굴도 대어 보고 손발도 만져 보며 말했다.

"마주 보는 것도 오늘이 마지막이니 내 사정 들어 보오. 우리 어머니 일가친척 하나 없고 오직 못난 딸 나 하나라, 도련님께 의지하여 살아 볼까 하였더니 조물주가 시기하고 귀신이 훼방 놓아 이 지경이 되었소. 도련님 올라가면 나는 뉘를 믿고 사오리까. 배꽃 복숭아꽃 만발할 적에 물가에 나가 어찌 놀며, 국화꽃 단풍 늘어질 때 높은 절개를 어찌할꼬. 쉬느니 한숨이요 뿌리느니 눈물이라. 적막강산 달 밝은 밤에 두견새 울음소리는 어이하리. 바람과 서리 몰아쳐도 만 리 길을 멀다 않고 짝 찾는 저 기러기는 또 어이하리. 봄 여름 가을 겨울 계절마다 오는 좋은 경치도 오히려 근심이라."

춘향이 말을 하다 말고 서러워 울어 대니 이 도령이 달랜다.

"춘향아 울지 마라. 나 올라간 뒤에라도 푸른 하늘에 달이 밝거든 그리워 울지 말거라. 너를 두고 가는 내가 하루를 고루 나눠 열

두 시간을 쪼갠들 어찌 무심하겠느냐. 울지 마라, 울지 마라."

"도련님 서울 가시면 살구꽃 피는 봄날 거리마다 기생들이 술을 권할 것이며 가는 곳마다 풍악 소리 울릴 것이오. 여색을 밝히시는 도련님이 밤낮으로 호강하며 노실 때, 나 같은 시골 천한 계집이야 손톱만큼이나 생각하오리까. 애고애고 서러워라."

"춘향아, 울지 마라. 서울 남촌 북촌에 아름다운 여인이 널렸어도 깊은 정은 너밖에 없다. 내가 잠시라도 너를 잊겠느냐."

춘향과 이 도령이 서로 이별이 기가 막혀 손을 잡고 앉았는데, 이 도령 모시고 갈 하인이 헐레벌떡 달려왔다.

"도련님, 야단났소. 사또께서 도련님 어디 가셨느냐 호령이 대단하오. 어서어서 가십시다."

하인 재촉이 빗발 같아 이 도령 할 수 없이 일어났다. 춘향이 가는 님 다리를 부여잡고 탄식을 내놓았다.

"날 죽이고 가면 가지 살리고는 못 가리다."

춘향이 말하다가 기절하니 춘향 어미 달려 나와 끌어안고 소리친다.

"향단아, 찬물 떠 오너라! 이 몹쓸 년아! 늙은 어미 어쩌라고 이러느냐."

찬물을 얼굴에 뿌리니 춘향이 겨우 정신을 차린다. 이 도령이 도로 앉아 춘향을 위로한다.

“온갖 이별이 많다 하나 다 살아서 만나느니라. 내가 이제 올라가면 장원 급제하여 너를 데려갈 것이니 울지 말고 잘 있어라. 너무 울면 눈도 붓고 목도 쉬고 골머리도 아프니라. 나를 다시 보려거든 서러워도 말고 울지도 말고 잘 있어라.”

춘향이 이젠 별수 없다 생각하고 향단을 불렀다.

“향단아, 술병 내오너라. 도련님, 내가 주는 술이나 한 잔 잡숫고 가옵소서.”

춘향이 술을 술잔에 가득 부어 눈물을 섞어 드리며 말한다.

“서울 가시는 길에 강가 나무 푸르거든 멀리서 정을 품고 있는 나를 생각하소서. 말 위에서 피곤하여 병이 날까 걱정되니 일찍 들어 주무시오. 녹음 우거진 서울에 평안히 들어가시면 종종 편지나 하옵소서.”

“소식은 걱정 마라. 남원 가는 사람 편에 전하면 되지. 슬퍼 말고 잘 있어라.”

이 도령 말을 타고 가는구나. 춘향이 대문 밖에 거꾸러져 섬섬옥수 두 손으로 땅을 꽝꽝 친다.

“애고애고 내 신세야.”

춘향이 우는 소리 쓸쓸하기 그지없다. 이 도령 눈물을 흘리며 뒷날을 기약하고 말에 채찍 쳐 가는 모습은 미친바람에 날려 가는 조각구름 같구나. 엎어지고 자빠지는 춘향을 어미와 향단이 양쪽

에 부축하여 방에 들여다 눕혔다. 춘향이 다 죽어 가는 소리로 말했다.

"향단아, 자리 밑에 베개 놓고 문 닫아라. 도련님을 살아서는 만나 보기 어려우니 잠이나 들면 꿈에서나 만나 보자. 예로부터 꿈에 와 보이는 님은 미덥지 못하다고 하였지만 답답하니 어이하리. 그리울 땐 꿈 아니면 어이 보리."

밤이 깊어 삼경*인데
앉은들 님이 올까

* **삼경(三更)** 하룻밤을 다섯 개의 오경(五更)으로 나눈 셋째 부분. 밤 11시에서 새벽 1시 사이이다.

누운들 잠이 오랴
님도 잠도 아니 온다
이 일을 어이하리

춘향은 하늘을 우러러 탄식하며 세월을 보낸다. 서울에 올라간 이 도령도 밤낮으로 춘향을 그리워하다 마음을 굳게 먹었다. 어서 빨리 과거에 급제하여 남원으로 가기를 바라더라.

•

"지금부터 몸단장 바르게 하고 밤에 수청을 들라."

"사또 분부 황송하오나 저는 기생도 아니옵고 이미 혼인도 하였으니 수청 들라는 명을 받들지 못하겠소."

•

변학도,

남원 부사로 오다

몇 달 동안 비어 있던 남원 부사 자리에 변학도라는 양반이 부임하게 되었다. 문필도 볼 만하고 인물 풍채도 활달한데 풍류를 즐기며 특히 여자를 좋아하더라. 성격 또한 괴팍하여 수가 틀리면 미친 듯이 날뛰는 증상이 있었다. 변학도를 아는 이들은 고집불통이라며 혀를 내둘렀다.

남원 관리들이 사또를 맞으러 서울로 올라갔다. 변학도는 관리들이 찾아오자 말했다.

"이방이 누구냐?"

"제가 이방이올시다."

"사또 없는 동안 너희 고을에 별일은 없었느냐?"

"예, 아직 무탈합니다."

"네 고을 관청의 노비들이 삼남*에서 제일이라더라?"

"예, 부릴 만합니다."

"네 고을에 춘향이란 계집이 매우 예쁘다지?"

"예."

"잘 있느냐?"

"그렇습니다."

"남원이 여기서 몇 리나 되느냐?"

"630리 됩니다."

"어서 급히 가자."

변학도 서두르니 관리들이 물러 나와 서로 떠들었다.

"허허, 우리 고을에 일 났다."

관리들이 새로 부임한 사또 출행을 바삐 준비하여 급하게 내려왔다.

"물렀거라! 비키거라!"

사또 좌우에 벌려 선 관리들 외침 소리 푸른 산에 메아리치고, 말을 재촉하는 소리는 흰 구름 속에 흩어진다. 전주에 도착하여 임

* **삼남** 충청도, 전라도, 경상도를 통틀어 이르는 말.

금 명령을 읽는 의식을 행한 뒤, 노구바위 넘어 임실을 지나, 오수에서 점심 먹고 남원으로 들어갔다. 오리정으로 들어가는데 장수들이 나와 호위하고 여러 하인들이 모두 나와 길을 인도하더라.

변학도는 엄숙하게 보이려고 눈을 부리부리하게 뜨고 길가에 늘어선 백성들을 둘러보았다. 동헌에 자리 잡고 신관 사또 축하 상을 떡 벌어지게 받아먹은 뒤, 지엄하게 분부했다.

"호방*아, 기생 점고*를 하라."

어느 명이라 거역하랴. 호방이 기생 명부를 펼쳐 놓고 차례대로 이름을 불렀다.

"비 온 뒤 맑은 동산에 두둥실 떠오른다, 명월이."

명월이가 치맛자락을 거듬거듬 걷어다가 가는 허리 세우고 아장아장 들어오더니 "명월이 왔소." 한다.

"고기잡이배는 물을 따라 봄 산을 사랑하고 양 언덕에 흐드러진 고운 봄빛이 바로 이것 아니냐, 도홍이."

도홍이가 붉은 치맛자락을 걷어 안고 조촘조촘 걸어 들어오더니 "도홍이 왔다 가오." 한다.

"청정한 연꽃 군은 절개 어여쁘고 고운 태도 꽃 중의 군자, 연

* **호방** 조선 시대에, 각 지방 관아에 속해 집과 논밭에 관한 일을 맡아보던 하급 관리.
* **기생 점고** 기생 명부와 여기에 기입된 사람들을 맞추어 보는 일.

심이.”

연심이가 비단 버선에 꽃신 끌며 가만가만 걸어와 “사또 앞에 대령하오.” 한다.

“구름은 엷고 바람은 가벼운 한낮 버들가지 사이에 나는 금빛 새, 앵앵이.”

앵앵이가 들어왔다 가자 사또가 눈썹을 꿈틀하며 호방에게 분부했다.

“빨리 부르라.”

“예.”

호방이 분부 듣고 빨리 불렀다.

“향기 좋은, 계향이.”

“예, 나왔어요.”

“첩첩산중, 운심이.”

“예, 나왔지요.”

“오동 거문고, 탄금이.”

“여기 있습니다.”

“팔월 연못, 홍련이.”

“저도 있어요.”

사또가 또 분부한다.

“한 번에 너덧씩 불러라.”

호방이 분부 듣고 급히 불렀다.

"금선이, 금옥이, 금련이."

"예, 예, 예."

"능옥이, 난옥이, 홍옥이."

"예, 예, 예."

사또가 아무리 들어도 춘향의 이름이 없는지라 손을 들어 호방의 말을 막고 물었다.

"춘향은 왜 아니 부르느냐?"

호방 대신 옆에 섰던 우두머리 행수 기생이 얼른 여쭈었다.

"춘향 어미는 기생이지만 춘향은 기생이 아닙니다."

"춘향이가 기생이 아니고 규중처녀라면 어찌 이름이 세상에 유명하냐?"

"기생의 딸이라 하지만 덕행이 있어 그런가 합니다. 지금껏 양반 상하 가릴 것 없이 춘향에게 애정을 구걸했지만 모두 거절당했사옵니다. 그런데 하늘이 정한 연분인지 구관 사또 자제인 이 도령과 백년가약을 맺었습니다. 도련님 가실 때에 나중에 데려간다 당부하고 춘향이도 그리 알아 수절하고 있습니다."

변학도가 화를 벌컥 내며 소리쳤다.

"이년! 무식한 상년이라지만 그 무슨 소리냐? 어떤 도령이 아버지가 계시고 장가도 들기 전인데 시골에서 첩을 얻어 살겠느냐. 이년, 다시 그런 말을 입 밖에 내면 죄를 면치 못하리라. 내가 춘향이 저 하나를 보려고 이토록 기다리는데 못 보고 그냥 두랴? 잔말 말고 불러오라."

사또 분부가 늦은 가을날 서릿발 같은데, 이방과 호방이 나서서 여쭈었다.

"춘향이가 기생도 아닐뿐더러 전관 사또 자제와의 맹세가 있사옵니다."

"이 도령과 사또께옵선 나이는 달라도 같은 양반이라, 춘향을 부르시면 사또 체면이 손상될까 걱정되옵니다."

사또가 말을 듣고 더 크게 성이 났다.

"잔말 마라! 춘향을 늦게 데려오면 이방 이하 각 부서 두목들을 모조리 내쫓을 것이니 그리 알라!"

노발대발하는 사또 앞에 더는 찍소리도 못 하고 관리들이 모두 넋을 놓았다. 호방이 한탄했다.

"이런 별일이 있느냐. 불쌍하다, 춘향이 정절*. 가련하고 가련하다. 사또 분부시니 어서 불러오라. 바삐 가거라."

관리들이 뒤섞여서 춘향 집으로 몰려갔다.

* **정절** 여자의 곧은 절개.

이때 춘향이는 무슨 일이 생긴지도 모르고 밤낮으로 도련님만 생각하고 있었다. 입맛 없어 밥 못 먹고, 잠자리 불안하여 잠 못 자고, 도련님 생각에 마음이 상했으니 몸마저 비쩍 말랐구나. 춘향이 느릿느릿 한탄하는 소리가 이러했다.

갈까 보다 갈까 보다
님을 따라 갈까 보다
천 리라도 갈까 보다
만 리라도 갈까 보다
비바람도 쉬어 넘고
날진이 수진이 해동청 보라매도 쉬어 넘는
높은 산꼭대기 동선령 고개라도
님이 와 날 찾으면
나는 발 벗어 손에 들고
나는 아니 쉬어 가지
한양 계신 우리 낭군
나처럼 님 그리는가
무정하여 아주 잊고
나의 사랑 옮겨다가

다른 님을 사랑하는가

이렇듯 슬피 우는데 관리들이 그 소리 듣고 서로 떠들었다.

"애고, 저런 계집을 어찌 잡아간단 말이냐."

"그렇다고 안 잡아가면 우리가 곤장을 맞을 테니 다른 수가 없다."

그중 하나가 나서서 소리쳤다.

"이리 오너라."

춘향이 깜짝 놀라 문틈으로 내다보니 사또 부하 나왔구나. 사또가 부른다는 말을 듣고 향단 불러 술상을 내오게 했다.

"여보시오들, 술이나 잡숫고 가시오. 나는 못 가오."

춘향은 돈 닷 냥을 꺼내 관리들에게 나눠 주었다.

"돈이라니 당치 않다. 우리가 돈 바라고 네게 왔냐."

말은 이리 해도 다들 술에 취하고 돈에 취해 춘향을 잡지 못하고 흐늘흐늘 되돌아가는데 행수 기생이 나왔다.

"내 이럴 줄 알았다."

이렇게 탓한 뒤 춘향에게 말했다.

"여봐라, 춘향아. 말 들어라. 네가 아니 가면 우리 기생들도 죽어나고 관리들도 죽어나게 생겼으니 네가 다녀와야겠다."

"그럽시다, 형님. 사람이 한 번 죽지 두 번 죽겠소."

춘향이 별수 없어 사또를 뵈러 동헌으로 나갔다.

“춘향이 대령하였소.”

관리들이 외치는데 변학도가 단걸음에 나와 춘향의 고운 맵시를 눈부신 듯 바라보고 몹시 기뻐했다.

“오냐, 춘향임이 분명하구나. 대청으로 오르거라.”

춘향이 대청마루에 올라가 무릎을 모으고 단정히 앉았다. 그 태도가 얼마나 어여쁜지 변학도가 눈을 떼지 못하며 명령했다.

“책방에 가서 회계 나리를 모셔 오너라.”

회계가 허둥지둥 들어오자 변학도가 말했다.

“자네 보게. 저게 춘향이라네.”

“하, 그년. 매우 예쁜 것이 아주 잘생겼소. 사또께서 서울서부터 춘향이, 춘향이 하시더니 참으로 구경할 만하구려.”

“내 머리를 내가 깎을 수 없으니, 자네가 중매를 서게.”

“허허, 그럴 것이면 춘향을 부르지 말고 중매쟁이를 먼저 보낼 걸 그랬소. 일이 좀 경솔하게 되었지만 이미 불렀으니 다른 도리가 없소. 오늘 밤에 혼인을 하시지요.”

“내가 원하던 바라.”

변학도가 몹시 기뻐하며 춘향에게 분부했다.

“지금부터 몸단장 바르게 하고 밤에 수청을 들라.”

"사또 분부 황송하오나 저는 기생도 아니옵고 이미 혼인도 하였으니 수청 들라는 명을 받들지 못하겠소."

변학도가 껄껄 웃었다.

"아름다운 말이다. 네가 진정 열녀로구나. 네 정절 굳은 마음이 어찌 어여쁘지 않으랴. 그러나 들어 봐라. 네가 혼인했다는 이 도령은 서울 양반의 자제로서 명문 귀족의 사위가 될 것이니라. 한순간 사랑으로 잠깐 예뻐한 너를 생각이나 하겠느냐. 네가 쓸데없이 정절을 지킨다고 고운 얼굴 늙어 가면 불쌍하고 가련한 건 너뿐이라. 네가 수절한다고 누가 상을 주랴? 또한 네가 고을 사또에게 매임이 옳으냐, 과거 급제도 못 한 어린놈에게 매임이 옳으냐? 네가 말 좀 해 보려무나."

"충신은 두 임금을 섬기지 않고 열녀는 두 지아비를 섬기지 않는다 하였소. 제가 절개를 지키고자 하는데 계속 이렇게 분부하시면 죽을 수밖에 도리가 없을 듯하오. 마음대로 처분하옵소서."

춘향의 도도한 말에 책방 회계가 나섰다.

"네 이년, 요망한 년이로고. 사또 일생의 소원이 춘향이 너를 얻는 것이라. 네 자꾸 사양할 게 무엇이냐. 구관 사또는 보내고 신관 사또를 맞는 것이 백성의 도리거늘, 수절이 무엇이며 정절은 또 무엇이냐. 너 같은 천한 기생 년이 그 무슨 괴이한 말이더냐."

춘향이 기가 막혀 말도 안 나오나 어쩔 수 없이 입을 열었다.

"충신과 열녀도 신분이 있답니까? 적장을 끌어안고 죽은 진주 기생 논개는 충렬문에 모셨소. 안동 기생 일지홍도 살았을 땐 열녀문이오, 죽은 후엔 정경부인* 이름났소. 이 몸 또한 이 도령과 만나 산과 바다에 맹세한 굳은 마음이 있으니 뉘라서 빼앗으리. 제갈공명 높은 재주가 동남풍을 불렀다 하지만 일편단심 이내 마음은 굴복시키지 못할 것이오. 제가 비록 천한 계집이나 그런 도리 모르겠소. 아내가 남편을 배반하는 것은 벼슬하는 관리가 나라를 배반

* **정경부인** 조선 시대에, 정1품·종1품 벼슬아치의 아내에게 주던 작위.

당장 잡아 내리거라!

하는 것과 다를 바 없소. 처분대로 하소서."

변학도가 참지 못하고 불같이 화를 냈다.

"이년, 나라를 배반하는 죄는 능지처참하고 관리를 조롱하고 거역하는 죄는 엄한 형벌을 주느니라. 너 죽는다고 설워 마라."

춘향이도 악이 나서 버럭 소리를 질렀다.

"유부녀 겁탈하는 것은 죄 아니고 무엇이오?"

변학도 어이가 없어 두 주먹을 꽉 쥐고 부르르 떨다가 책상을 쾅 내려치는데, 탕건*이 벗겨지고 상투가 탁 풀리며 내지르는 목소리도 쉬어 터졌다.

"이년, 이년을 당장 잡아 내리거라!"

소리소리 질러 놓으니 사방에서 사령이며 관노며 달려들어 춘향의 머리채를 잡아 주르르 마당으로 끌어 내렸다. 춘향이 두 손으로 머리를 잡으며 "놓아라!" 하고 외쳤지만 어디 당할 수가 있으랴. 물풀 같은 춘향의 머리채를 휘휘친친 감아쥐고 동댕이쳐 엎지르니, 불쌍타 춘향 신세 백옥 같은 고운 몸이 내던져진 개구리처럼 엎어졌구나. 변학도는 분을 참을 수가 없어 벌벌 떨며 내질렀다.

"여봐라. 그년에게 다짐 받아 무엇 할꼬. 묻지도 말고 형틀에

* **탕건** 상투를 튼 머리 위에 덮는 모자. 갓이 제대로 자리를 잡게 한다.

* **물고** 죄를 지은 사람을 죽임.

올려 매라. 두 정강이는 부수고 아주 물고*를 내 버려라.”

여러 사령이 우르르 달려들어 춘향을 형틀에 묶는다. 사령이 곤장 태장을 담쏙 안아다가 형틀 아래 좌르륵 쏟아 놓는 소리에 춘향 정신 어찔하다. 곤장 잡은 사령 거동 봐라. 이놈도 잡고 능청능청, 저놈도 잡고 능청능청. 힘 좋고 빳빳하고 잘 부러지는 놈을 골라잡고 명령 기다린다. 변학도의 벼락이 떨어졌다.

“분부 모셔라. 네놈들이 사정 봐서 살살 때렸다간 대신 매를 맞을 터이니 그리 알라.”

“사또 분부 지엄한데 저딴 년에게 무슨 사정을 두오리까.”

곤장 잡은 사령이 대답하고 고개 돌려 춘향일 보며 외쳤다.

“이년! 다리를 까딱도 하지 마라. 움직이다간 뼈가 부러지리라.”

호통을 치고는 들어서서 춘향에게 귓속말로 소곤댔다.

“한두 대만 견뎌라. 우리도 어쩔 수가 없네. 매 떨어질 때 요 다리는 요리 틀고 저 다리는 저리 틀게.”

“매우 쳐라!”

“예이. 한 대요!”

곤장을 휘두르니 대번에 부러진 막대가 푸르르 날아 공중에 빙빙 돌다가 대뜰 아래 떨어진다. 춘향은 아픔을 참으려고 이를 복복 갈고 고개를 빙빙 돌리며 우는 소리로 내뱉었다.

"애고애고 일편단심 굳은 마음 형장을 친다고 잠시라도 바뀔쏘냐. 애고애고 아파라."

이때 춘향이 붙잡혔다는 소문 듣고 남원의 남녀노소가 잔뜩 모여들었다.

"모질구나 모질구나, 우리 사또 모질구나. 저런 형벌이 왜 있으며 저런 매질이 왜 있는가. 곤장 잡은 놈 잘 봐 두어라. 관청 밖으로 나오면 패 죽이리라."

춘향을 걱정하여 이 사람 저 사람이 눈물 흘리며 이를 갈더라.

그러거나 말거나 사령이 사또 분부에 곤장을 아니 칠 수 없다. 둘째 매를 딱 붙이니 춘향이 입이 벌어진다.

"두 지아비 못 섬기는 이내 마음, 매 맞고 영영 죽어도 이 도령은 못 잊겠소."

여섯째 매를 딱 붙이니,

"육육은 삼십육, 매마다 죄를 묻고 육만 번 죽인대도 육천 마디 어린 사랑 변할 일이 있으랴."

열 번째 매를 딱 붙이니,

"열 번 살고 아홉 번 죽더라도 내 사랑은 하나라."

열 치고는 그만할 줄 알았더니 스무 번을 치는구나. 스물 치고는 그만할 줄 알았더니 서른 번을 치는구나. 옥 같은 춘향 몸에 솟는 것은 붉은 피요, 흐르는 건 눈물이라. 피눈물이 한데 모여 춘향은 온통 붉은 꽃이 되었더라. 춘향은 정신이 가물가물하는 중에도 악을 바락바락 썼다.

"소녀를 이리 말고 아주 능지처참하여 박살을 내 주시오. 나 죽은 뒤 원한 품은 새가 되어 우리 도련님 잠든 뒤 꿈이나 깨게 하리라."

말을 하다 춘향이 기절하니, 곤장 잡은 자도 눈물 씻고 돌아서며 한탄한다.

"참 못 할 일이로다."

구경하던 사람들도 하나같이 흐르는 눈물을 닦으며 입을 모아 말한다.

"사람의 자식으론 못 보겠다. 모질도다 모질도다, 춘향이 정절 모질도다. 하늘이 낳은 열녀로다."

온통 울음바다가 되어 가니 변학도도 울적한 심정으로 소리쳤다.

"네 이년! 내게 발악하고 매 맞으니 좋으냐? 저년을 큰칼 씌워 감옥에 가두어라."

•

"저 달아, 너는 보느냐?

님 계신 곳 밝은 기운을 빌려 오너라.

우리 님을 나도 좀 보자. 우리 님이 누웠더냐, 앉았더냐?

보는 대로 네가 일러 나의 슬픔 풀어 다오."

•

일편단심 성춘향, 옥에 갇히다

큰칼 쓴 춘향이를 사령이 등에 업고 옥에 가려고 관청 밖을 나왔다. 기생들이 우르르 따라 나오며 춘향을 위로한다.

"애고 서울댁아, 정신 차리게. 애고 불쌍해라."

춘향이 몸도 만지고 약도 먹이며 서로 눈물을 흘리는데 속없는 기생 낙춘이는 좋아한다.

"얼씨구절씨구 좋다. 우리 남원에도 열녀 현판 달 일 생겼구나."

이런 야단이 났을 때 소식을 늦게 들은 춘향 어미가 정신없이 달려왔다. 춘향 어미가 딸의 목을 끌어안고 꺼이꺼이 울어 댄다.

"이게 웬일이냐? 죄는 무슨 죄며 매는 무슨 매냐? 이보시오들,

내 딸이 무슨 죄요? 무남독녀 귀한 내 딸 나더러 늘 이리 말하였소. '마오 마오 설워 마오. 아들 없다 설워 마오. 딸인들 늙은 어미를 못 모시리까.' 지극정성 효도가 내 딸만 한 이 또 있을까. 애고애고 가슴에 불이 붙어 한숨이 연기 되네. 사령들아, 이 사람들아! 사또 분부 있다 하나 어찌 이리 모질게 쳤는가. 춘향아, 정신 차려라. 애고애고 내 신세야."

울며 소리치다가 춘향 어미는 향단 불러 지시했다.

"향단아, 저기 가서 삯꾼 둘만 사 오너라. 서울에 급한 소식 전해야겠다."

춘향이 정신 가물가물한 중에도 서울에 사람 보낸단 말 듣고 어미를 말렸다.

"어머니, 그리 마시오. 급한 소식 서울 가면 도련님 마음만 아프지 별수 있소? 도련님 울적하여 병이 나면 과거 공부도 못 하고 손해만 나리다. 그리 말고 그냥 옥으로 가시어요."

사령 등에 업혀 춘향이 옥방으로 들어갔다. 옥방이라 하는 것이 형편이 없었다. 부서진 대나무 창틈으로 찬바람이 씽씽 불어 들고, 벽은 무너지고 바닥에 깔린 헌 자리에선 벼룩과 빈대가 들끓었다. 춘향 어미와 향단은 춘향에게 먹일 음식 하러 물러가고, 춘향 혼자 옥방에 앉았으니 신세가 기가 막혀 한숨도 안 나온다. 부서진 죽창으로 쏟아져 들어오는 달빛을 보며 춘향이 혼잣말을 내뱉었다.

님 계신 곳
밝은 기운을
빌려 오너라.

"저 달아, 너는 보느냐? 님 계신 곳 밝은 기운을 빌려 오너라. 우리 님을 나도 좀 보자. 우리 님이 누웠더냐, 앉았더냐? 보는 대로 네가 일러 나의 슬픔 풀어 다오."

서러워 울다 문득 잠이 들어 꿈을 꾼다. 어느 곳에 이르렀는데 하늘에 닿을 듯한 큰 사당이 있었다. 사당 문패엔 '만고정렬황릉지묘'라고 써 있다. 순임금*의 두 부인인 아황과 여영을 모신 사당이다. 순임금이 죽자 두 부인이 소상강에 몸을 던져 죽으니 사람들이 그 정렬을 사모했다.

춘향이 문 앞에 다다르자 아름다운 낭자 셋이 문을 열고 나왔다. 진주 기생 논개와 평양 기생 월선은 알겠는데 하나는 모르겠다. 낭자 셋이 춘향을 이끌어 집으로 들어가니 흰옷을 입은 두 부인이 춘향을 반겨 맞았다.

"네가 춘향이냐? 기특하다. 하늘에서도 네 말이 많아 우리가 너를 간절히 보고 싶어 이렇게 불렀노라."

춘향이 두 번 절하고 말했다.

"소녀 비록 무식하나 두 부인의 드높은 정렬을 듣고 늘 사모하였나이다. 죽어서나 뵈올까 했더니 이렇게 뵙게 되어 황공하오이다."

* **순임금** 고대 중국의 전설적인 제왕. 효행이 뛰어나 요(堯)임금으로부터 천하를 물려받았다고 한다.

"우리 순임금께선 남쪽 지방을 순찰하시다가 창오산에서 돌아가셨다. 장례를 치르며 대나무 숲에 피눈물을 뿌리니 가지마다 아롱아롱 잎잎이 원한이라. 창오산이 무너지고 강물이 말라야 대나무에 뿌린 피눈물이 마를 것이라. 이런 천추에 새긴 한을 풀 곳이 없더니 너의 정절이 기특하기로 이렇게 불러 위로 한마디 하노라."

춘향이 그저 고마울 따름이라 말없이 울고 앉았는데, 갑자기 찬 바람이 일어나며 촛불이 벌렁벌렁했다. 두 부인이 춘향이 손을 놓고 돌아섰다.

"이승과 저승의 길이 다르니 네가 이곳에 오래 머물 수는 없겠구나."

춘향 눈앞이 깜깜한데, 부서진 죽창 밑에서 귀뚜라미 한 쌍 우는 소리가 요란하다. 춘향이 깜짝 놀라 깨어 보니 꿈이로구나. 꿈에서 깨어났는데도 창 너머로 앵두꽃이 펄펄 떨어져 보이고, 한복판에 깨진 거울이 보이고, 문 위에 허수아비 달린 게 보인다.

"아아, 나 죽을 꿈이로구나."

춘향이 깊은 설움으로 밤을 지새운다. 밤은 깊어 삼경인데 궂은 비는 세차게 퍼붓는다. 도깨비 빽빽 소리 내고 문풍지는 펄렁펄렁 하는데 귀신들이 울어 댄다. 매 맞아 죽은 귀신, 형장 맞아 죽은 귀신, 대롱대롱 목매달아 죽은 귀신이 사방에서 운다. 방 안이며 처마 밑이며 문지방에서까지 악악 울어 대니 춘향이 처음에는 넋이

나가 사시나무 떨듯 떨다가 하도 들어 놓으니 차츰 익숙해져서 나중엔 귀신들을 꾸짖었다.

"이 몹쓸 귀신들아! 나를 잡아가려거든 조르지나 말고 가만히 좀 있어라. 갈 때 되면 어련히 가랴."

그렇게 밤을 꼴딱 새웠다.

부서진 동창*이 시퍼렇게 밝아 오는데, 문득 옥 밖에서 "점을 치시오." 하는 외침이 들린다. 마침 음식 만들어 찾아온 어미에게 춘향이 점쟁이를 부르라고 했다. 무슨 소원인들 못 들어주랴. 춘향 어미 부리나케 달려 나가 점쟁이를 불러 세웠다.

"누구요? 누가 날 찾나?"

"춘향 어미요."

"왜 찾나?"

"우리 춘향이가 잠깐 뵙자고 하오만."

"허허, 그렇소? 못 갈 것 있나. 갑시다."

점쟁이가 어미와 함께 오자 춘향이 얼른 물었다.

"지난밤에 희한한 꿈을 하나 꾸었기에 불렀소. 이왕 왔으니 해몽도 하고 서울 간 우리 서방님이 어느 때나 나를 찾을까 점이나

* **동창** 동쪽으로 난 창.

좀 쳐 주오."

"그거야 뭐 어려울 것 있나."

점쟁이가 선뜻 대답하고 눈을 지그시 감더니 두 손을 모으고 말했다.

"비나이다, 비나이다. 하늘이시여, 땅이시여. 굽어살피시어 영감을 주소서. 영명하신 신령님께서 내려오시어 어리석은 중생을 깨우쳐 주옵소서. 옳은 것은 무엇이며 그른 것은 무엇인지 밝혀 주소서. 복희, 문왕, 무왕, 공자, 제갈공명, 주자, 귀곡자, 율곡, 퇴계, 송강, 남명 등 위대하신 선생은 굽어살피소서. 몇 년 몇 월 며칠 몇 시에 지극한 정성을 모아 향을 피우고 제사를 올리오니 밝은 신령님들 향기 맡고 내려옵소서. 전라도 남원 강가에 사는 천하 열녀 성춘향이 어느 날 옥에서 석방되며, 서울 삼청동에 사는 이몽룡은 어느 날 남원 땅에 당도하리까? 엎드려 비나이다. 여러 신령님들 밝혀 알려 주옵소서."

점쟁이는 크게 한 번 절하고 나서 산가지를 넣은 통을 철거덩철거덩 흔들었다. 고개를 갸웃갸웃 몇 번을 더 흔들어 대더니 마침내 고개를 끄덕끄덕하고 말했다.

"어디 보자, 어디 보자. 일이삼사오육칠, 허허 좋다. 좋은 괘로고. 고기가 물에서 놀며 그물이 들어와도 피하니, 작은 것이 쌓여 큰 것을 이루느니라. 옛날에 주나라 무왕이 객지에 나갔다가 이 괘를 얻은 뒤 금의환향*하였으니 어찌 아니 좋겠느냐. 천 리 떨어진 곳에 있어도 서로 정을 깊이 두니 그 인연 어찌 끊어지리. 자네 서방님이 머지않아 내려와 평생 한을 풀겠네. 걱정 말고 염려 말게. 아이고 참 좋다."

말이라도 좋으니 춘향 어미가 밝게 웃고 춘향이도 온몸이 쑤시는 중에 웃음을 머금었다.

"말대로만 된다면 오죽 좋으리까. 그건 그렇고 간밤에 꾼 꿈도 해몽하여 보시오."

"어디 꿈을 자세히 말해 보게."

"화장하던 거울이 깨져 보이고, 창 앞에 앵두꽃이 떨어져 보이고, 문 위에 허수아비가 달려 있고, 태산이 무너지고, 바닷물이 말라 보이더이다. 이건 똑 죽을 꿈이 아니겠소?"

점쟁이가 손가락으로 뭔가를 헤아리며 골똘히 생각하더니 한참만에 말했다.

"그 꿈 매우 좋다. 꽃이 떨어져야 열매가 열리고 거울이 깨져야 소리가 나지. 앵두꽃이 떨어지니 앵두가 달릴 것이고, 거울이 깨어지니 어찌 소식이 없겠는가. 문 위에 허수아비 달렸으면 사람마다

* **금의환향** 비단옷을 입고 고향에 돌아온다는 뜻으로, 출세를 하여 고향에 돌아가거나 돌아옴을 비유적으로 이르는 말.

우러러볼 것이니, 서울 도련님이나 옥중의 춘향이나 높은 자리 가는 게 아니겠나. 태산이 무너지면 평지가 될 것이니 걷기에 좋고, 바다가 마르면 물속에 잠긴 용의 얼굴을 볼 것이니 그리운 이를 만나 볼 것이라. 어허 좋다, 그 꿈 참 좋다. 곧 쌍가마 높이 탈 꿈이로세."

더욱 좋은 말이라 춘향 어미 입꼬리 귀에 걸리며 "그리만 된다면 오죽 좋겠소." 하는데 뜻밖에도 까마귀 한 마리가 담에 날아와 앉더니 '가옥가옥' 울어 댄다. 춘향 어미가 손을 흔들어 까마귀를 날리며 소리쳤다.

"요 방정맞은 까마귀야! 저리 못 가느냐."

점쟁이는 멀리 날아가는 까마귀를 보더니 "옳지!" 하고 손뼉을 딱 쳤다.

"이보게들, 저 까마귀가 '가옥가옥' 울지?"

"그렇지요."

춘향 어미와 춘향이 한꺼번에 대답하자 점쟁이가 턱수염을 한 번 쓰다듬고 말했다.

"좋다, 좋다. 가는 아름다울 가(嘉) 자요, 옥은 집 옥(屋) 자라. 아름다운 집이 생긴다고 까마귀가 알려 주는구려. 아름답고 즐겁고 좋은 일이 머지않아 생겨서 평생에 맺힌 한을 풀 것이니 조금도 걱정 마소. 지금은 복채로 천 냥을 준대도 안 받겠네. 나중에 귀하게 되거든 그때 후하게 셈해 주시게."

"그러시우."

춘향 어미가 대답하고,

"예, 평안히 돌아가시고 뒷날 다시 만나요."

춘향이 점쟁이에게 고개 숙여 절해 보냈다. 어찌 점쟁이 말대로 되기를 다 바랄 수 있으랴만 춘향은 그래도 한 줄기 희망을 품고 기다렸다. 그러나 희망보다 근심이 더 많아 긴 한숨으로 보내는 날이 많았다.

•

"네 서방인지 남방인지 걸인 하나 내려왔다."

"애고! 이게 뭔 소리요? 서방님이 오시다니.

꿈에 보던 님을 생시에 본단 말인가."

•

성춘향과 이 도령, 다시 만나다

이때 한양성 이 도령은 밤낮으로 글을 읽어 과거를 준비하고 있었다. 나라에 경사가 있어 과거를 시행하는데, 이 도령도 책을 가슴에 품고 과거를 보러 들어갔다. 온 나라 곳곳에서 올라온 선비들이 뜰에 가득한데 은은한 음악 소리 울리며 앵무새가 춤을 춘다. 도승지가 임금이 주신 글제를 붉은 휘장에 걸었다.

춘당춘색(春塘春色)이 고금동(古今同)이라.

'봄을 맞은 연못의 봄빛이 예나 지금이나 같구나.' 하는 뜻이었다. 마침 이 도령이 익숙하게 보던 것이라. 시험지를 펼쳐 놓고 답

안을 생각하더니, 용을 새긴 벼루에 먹을 갈고 붓에 먹물을 듬뿍 묻혀 단숨에 쓴 뒤 가장 먼저 제출했다.

시험관이 이 도령 글을 보니 용이 날아오르는 것 같고 기러기가 모래 위에 내려앉는 듯 세상에 보기 드문 큰 재주라. 장원 급제로 이름 올리니 급제자 중 일등이라. 머리에는 어사화*요, 몸에는 앵삼*이라. 허리에는 학을 수놓은 띠를 두르고 사흘 말미를 얻어서, 조상님께 알리고 임금을 뵈었다.

임금이 이 도령을 친히 불러서 칭찬하였다.

"경의 재주는 조정에 으뜸이라."

도승지에게 명을 내려 전라도 암행어사 자리를 내렸다. 이 도령은 전라도 어사 되기가 평생의 소원이라, 뛸 듯이 기뻐하며 조금도 지체 없이 암행을 준비했다. 어사 관복과 마패, 유척*을 품에 품고 부모님께 절 올린 뒤 전라도로 떠났다.

남대문 밖 썩 나서서 서리, 중방, 역졸을 거느리고 청파역에서 말을 타고 남대문 시장 종로 포도청 배다리 얼른 넘어 밥전거리 지나 동작을 성큼 건너 남태령을 넘어 과천읍에서 점심 먹고, 수원에서 잠을 잤다. 다음 날 이른 아침부터 대황교 떡전거리 진개울을 건너 칠원과 소사 애고다리 지나 성환역에서 잠을 잤다. 다음 날 상류천 하류천 새술막을 지나 천안읍에서 점심 먹고, 삼거리 도리치를 거쳐 김제역에서 말 갈아타고, 신구 덕평 지나 원터에서 잠을 잤다. 다음 날 팔풍정 화란 광정 모란 공주 금강을 건너 금영에서 점심 먹고, 경천에서 잠을 잤다. 다음 날 노성을 지나 여산읍에서 잠을 잤다.

이튿날 이 어사가 서리와 중방을 비롯한 말단 관리를 불러 분부했다.

* **어사화** 조선 시대에 과거 급제한 사람에게 임금이 하사하던 종이꽃.
* **앵삼** 과거 급제할 때 입던 예복.
* **유척** 놋쇠로 만든 표준 자. 지방 수령이나 암행어사 등이 썼다.

"이곳은 전라도로 들어가는 길목이라. 임무가 막중하니 명을 어기면 죽음을 면치 못하리라!"

일단 호령을 한 뒤 하나하나 분부했다.

"서리야! 너는 진산, 금산, 무주, 용담, 진안, 장수, 운봉, 구례 여덟 개 읍을 거쳐 아무 날 남원읍에서 대령하라. 중방아! 너는 용안, 함열, 임피, 옥구, 김제, 만경, 고부, 부안, 흥덕, 고창, 장성, 영광, 무장, 무안, 함평을 거쳐 아무 날 남원읍으로 대령하라. 종사관아. 너는 익산, 금구, 태인, 정읍, 순창, 옥과, 광주, 나주, 창평, 담양, 동복, 화순, 강진, 영암, 장흥, 보성, 흥양, 낙안, 순천, 곡성을 거쳐 아무 날 남원읍으로 대령하라!"

이렇게 나누어 출발시킨 뒤, 어사또가 옷을 다시 차려입었는데 그것이 볼 만했다.

사람들을 속이려고 모자 없는 다 떨어진 헌 갓에 굵은 줄 총총 매어 질 낮은 명주 갓끈 달아 쓰고, 윗부분만 남은 헌 망건에 노끈 달아 쓰고, 어수룩한 헌 도복에 무명실 띠를 가슴에 둘러매고, 살만 남은 헌 부채에 솔방울을 매달아 햇빛을 가리고 내려온다.

서문을 얼른 지나 남문에 올라 사방을 둘러보니 이보다 더 좋은 경치 있을까. 기린봉 위에 솟은 달이며 한벽당 둘레의 맑은 연기, 남고사의 종소리며 건지산 위에 솟는 보름달, 다가산에 비껴 뿌리는 빗발이며 덕진의 연꽃, 비비정에 나는 기러기며 위봉산의 폭포를 다 구경하고 차례차례 암행하여 내려온다.

어사또 남원으로 향하는데 마침 농사철이 한창이라. 농부들이 〈농부가〉를 부르며 일하고 있었다.

어여라 상사디야
넓고 넓은 세상천지 태평할 때
도덕 높은 우리 임금
어여라 상사디야
이 농사를 지어 내어
우리 임금께 바친 뒤에
남은 곡식 장만하여
부모 봉양 아니하며
처자 부양 아니할까
어여라 상사디야
부귀영화 좋은 호강
농업을 당할쏘냐
못 쓰는 땅 개간하여
배불리 먹어 보세
얼럴럴 상사디야

어사또가 지팡이를 짚고 멀찍이서 구경하다가 혼잣말을 했다.

"와, 큰 풍년 들었구나."

농부들을 칭찬하고 고개를 돌리니 특이한 광경이 보였다. 이미 다 늙은 노인들이 모여서 험한 밭을 일구는데, 쇠스랑을 손에 들고 〈백발가〉를 부르는 것이다.

원수로다 원수로다
백발이 원수로다
오는 백발 막으려고
오른손에 도끼 들고
왼손에 가시 들고
오는 백발 두드리며
가는 홍안* 끌어당겨
푸른 실로 결박하여
단단히 졸라매도
가는 홍안 절로 가고
오는 백발 절로 오더라
어여로 가래질이야

* **홍안** 젊어서 혈색이 좋은 얼굴.

아마도 우리 인생은

한바탕 봄꿈인가 하노라

한참 노래를 부르다가 한 농부가 밭둑으로 나앉으며 "담배 먹자꾸나." 하고 소리쳤다. 노인들이 모두 나와 앉아 담뱃대를 빠는데, 양 볼때기가 오목오목 콧구멍이 발심발심 연기가 홀홀 나게 피웠다. 어사또가 앞으로 나서서 반말로 물었다.

"어, 농부들 말 좀 물어보세."

"무슨 말?"

"이 고을 춘향이가 본관 사또께 수청 들고, 그걸 빌미로 뇌물을 많이 받아먹는다는 말이 사실인지?"

한 농부가 화난 목소리로 되받아쳤다.

"자네는 어디 사나?"

"아무 데 산다네."

"아무 데 산다고? 자네는 눈 콩알 귀 콩알이 없나? 지금 춘향이가 수청 아니 든다고 뻗대다가 형장 맞고 옥에 갇혔으니 그런 열녀 드문지라. 옥 같은 우리 춘향 몸에 너 같은 동냥치가 더러운 말 하다가는 빌어먹지도 못하고 굶어 뒤지리라. 서울 간 이 도령인지 삼도령인지 그놈의 자식은 한번 간 뒤 소식도 없으니, 사람 행세가 그래서는 벼슬은커녕 내 똥도 못 되지."

"어, 그 무슨 말버릇이 그런고? 아무리 남이라지만 말이 너무 고약하지 않은가?"

"자네가 도무지 철모르는 말을 하니 그렇지."

"허허, 망신이로고."

어사또가 바짓가랑이를 툭 털고 일어서며 말했다.

"자, 그만 농부네들 일들 하오. 나는 갈 길 가리다."

"그러든지 말든지."

어사또가 길을 가다 모퉁이를 돌아서니 아이 하나가 걸어오고 있다. 아이는 지팡이 막대를 질질 끌며 노래 절반 사설 절반 섞어서 읊조렸다.

"오늘이 며칠인가. 천 리 길 한양성은 며칠이나 가야 하나. 조자룡*이 강을 건너던 청총마가 있다면 하루 만에 가겠다마는 불쌍하고 불쌍하다. 옥에 갇힌 춘향이 목숨이 위태롭구나. 몹쓸 양반 이 서방은 한번 간 뒤 소식 끊어 버리니 양반의 도리란 원래 그런가."

어사또가 그 말을 듣고 걸음을 뚝 멈춰 섰다.

"얘야, 너 어디 사니?"

"남원읍에 사오."

* **조자룡** 《삼국지》에 나오는 장수의 이름.

"어디를 가니?"

"서울 가오."

"무슨 일로 가니?"

"춘향 편지 갖고 구관 사또 댁 찾아가오."

"오, 그러냐? 그 편지 좀 보자꾸나."

"참 철없는 양반이네."

"무슨 소린고?"

"글쎄 들어 보오. 남자 편지도 보기 어렵거든 남의 여자 편지를 본단 말이오?"

"얘야, 너 모르는 소리다. '행인임발우개봉(行人臨發又開封)'이라고 '행인이 길 떠날 때 다시 봉투를 열어 본다.'라는 말이 있느니라. 좀 보면 어떠하냐?"

"그 양반 몰골은 흉악해도 문자 속은 기특하오. 얼른 보고 돌려주오."

"어따, 그놈 호래자식*이로고."

어사또가 편지를 받아 읽어 본다.

"내가 한번 읽어 보자."

내용은 다음과 같았다.

* **호래자식** 배운 데 없이 막되게 자라 교양이나 버릇이 없는 사람을 낮잡아 이르는 말.

한번 이별한 뒤 소식 들을 수 없으니 도련님 평안하신지요. 다시 뵙고 사모하기를 원하고 원합니다. 춘향이는 형장을 맞고 옥에 갇혀 다 죽어 갑니다. 밤마다 귀신이 출몰하여 혼이 들락날락하옵니다. 비록 만 번 죽는다 해도 두 지아비를 섬기리까. 춘향과 늙은 어미의 살고 죽음이 어찌 될지 모르옵니다. 서방님께서 이를 헤아리소서.

그러고는 편지 끝에 시 한 수를 붙였겠다.

지난해 어느 때 님과 이별하였나
어제는 겨울눈이 내리더니 오늘은 가을이 되었네
한밤중 미친바람에 흐르는 눈물이 눈 같아
어찌하다 이내 몸은 옥 안에 갇혔던고

피를 찍어 글자를 썼는데 그저 툭툭 찍은 것이 모두 다 '애고'였다. 어사또 눈에서 눈물이 방울방울 떨어지니 아이가 놀라 물었다.

"아니, 남의 편지 보고 왜 우시오?"

"남의 편지라도 서러운 사연 보니 저절로 눈물이 나는구나."

"아, 여보. 인정 있는 체하면서 남의 편지를 눈물 묻어 찢기게 하면 어쩌오? 그 편지 열다섯 냥이오. 값 물어내오."

"여봐라! 너 좋은 수 있다. 이 도령이 나와는 어릴 적부터 친구인데, 먼 지방에 볼일이 있어 나와 함께 내려오다 전주 관아에 들른다고 갔다. 내일 남원에서 만나자 약속했으니 나를 따라가 있다가 이 도령을 만나자."

좋아할 줄 알았던 아이가 콧방귀를 뀌었다.

"아따, 이 양반아. 서울이 저 건너라고 오신단 말이오. 그런 소리 말고 편지나 이리 내오."

아이가 편지 빼앗으려 달려들다가 어사또 허리에 두른 접시를 만졌겠다.

"아이쿠, 이것 어디서 났소? 찬바람이 나오."

"이놈! 만일 천기를 누설했다간 목숨을 보전치 못하리라!"

어사또가 암행어사 마패를 만진 아이놈을 엄하게 꾸짖었다.

"어허, 알겠소."

아이가 기가 죽어 뒷걸음질 쳤다.

어사또는 아이와 헤어져 남원 고을 들어가는 박석재에 올라섰다. 사방을 둘러보니 산도 예전에 보던 산이요 물도 예전에 보던 물이라. 남문 밖에 썩 내달아 "광한루야 잘 있더냐? 오작교야 무사하냐?" 안부를 묻는데, 오작교 다리 밑에 빨래하는 여인들이 앉아서로 떠들고 있다.

"야야야."

"왜왜왜."

"애고애고 불쌍하더라. 춘향이가 불쌍하더라."

"애고애고 그렇고말고."

"모질더라, 모질더라. 우리 고을 사또 모질더라. 사또 높은 위력으로 겁탈하려 들었지만 절개 높은 춘향이가 죽음을 두려워하랴. 무정하다, 무정하다. 이 도령이 무정하다."

어사또가 한 귀로 들으며 누각에 올라 하늘을 보았다. 해는 서쪽으로 저물고 새는 수풀에 깃들였다. 건너 버드나무는 춘향이 그네 매고 놀던 곳이라. 어제 본 듯 반가우나 옥에 갇힌 춘향을 생각하니 마음이 울적하다.

해가 넘어가고 어두워질 무렵, 어사또가 춘향 집에 이르렀다. 행랑은 무너지고 본채 벽도 색깔이 바랬구나. 깨끗하던 벽오동은 수풀 속에 우뚝 서서 잎잎이 말랐고, 담 밑 백두루미는 개한테 물렸는지 깃도 빠지고 다리까지 절며 끼룩 끼루룩 울음 울고, 대문 앞 누렁개는 끄덕끄덕 졸고 앉았다가 전에 본 이 도령을 몰라보고 꽝꽝 짖었다.

"요 개야 짖지 마라. 주인 같은 손님이다. 네 주인은 어디 가고 네가 나와 반기느냐?"

집 안으로 쑥 들어서니 춘향 어미 솥에 불을 넣으며 혼잣말을 하고 있다.

"모질도다, 모질도다. 이 서방이 모질도다. 죽어 가는 내 딸 잊고 소식조차 아예 없네. 애고애고 설운지고. 향단아, 불 넣어라."

향단에게 부지깽이 넘기더니 뒤뜰로 나온다. 졸졸 흐르는 개울물에 머리를 감아 빗고 정화수 한 동이 떠 놓고 엎드려 빈다.

"하늘땅 해와 달 그리고 별님이여. 무남독녀 춘향이를 금쪽같이 길렀더니 죄 없이 매를 맞고 옥에 갇혔으나 살릴 길이 없나이다. 한양성 이몽룡 벼슬 높이 올리시어 내 딸 춘향 살리소서."

춘향 어미는 길게 한숨을 내쉰 뒤 "향단아, 담배 한 대 붙여 다오." 한다.

"허허. 내가 벼슬을 한 게 조상의 은덕인 줄 알았더니 이제 보니 우리 장모 덕일세."

어사또 이렇게 혼잣말을 하고 나서 큰 소리로 불렀다.

"그 안에 뉘 있나?"

"뉘시오?"

"날세."

"나라니, 뉘신가?"

어사또가 안으로 쑥 들어서며 말했다.

"이 서방일세."

"이 서방이라니? 옳지, 이풍헌의 아들 이 서방인가?"

"허허, 장모가 망령이로세. 나를 몰라, 나를 몰라."

"자네가 누구여?"

"사위는 백년손님이라는데 어찌 나를 모르는가?"

그제야 춘향 어미가 어사또를 반겨서 내달았다.

"애고 이게 웬일이야. 어디 갔다 이제 와. 바람이 거세게 불더니 바람결에 날려 왔나. 구름이 두둥실 떠오더니 구름에 실려 왔나. 춘향의 소식 듣고 살리려고 와 계신가. 어서어서 들어가세."

손을 잡고 들어가 촛불 앞에 앉혀 놓고 보니 옷 입은 꼴이 거지 중에도 상거지라. 춘향 어미 기가 막혀 입만 떡 벌리고 앉았으니 어사또가 말했다.

"양반이 잘못되니 비참한 지경일세. 서울 간 뒤 아버님은 벼슬길이 끊어져 시골에 훈장질하러 가시고, 어머니는 친정으로 내려 가셨다네. 나는 춘향에게 돈푼이나 얻어 가려 했더니 여기도 꼴이 말이 아닐세그려."

"이별 뒤 소식 한 번 없더니 이게 무슨 일이야. 어찌 이리 잘되었소. 이미 쏜 화살이요 엎질러진 물이니 누구를 원망할까마는 그래, 내 딸 춘향은 어쩔라나?"

춘향 어미 생각할수록 화가 나고 숨이 막혀 어사또 코나 물어뜯어 화풀이나 하자고 달려든다. 어사또가 한걸음 썩 물러나며 손바닥으로 코를 잡았다.

"이런, 코가 무슨 잘못인가. 하늘이 무너져도 솟아날 구멍이 있는 법. 장모! 배고파 죽겠네. 나 밥이나 한술 주소."

"밥 없네!"

어찌 밥이 없을까마는 홧김에 하는 소리였다. 이때 향단이 옥에 갔다 집에 들어오다가 춘향 어미가 누구를 꾸짖고 화내는 소리에 재빨리 방문을 열고 보니, 예전의 서방님이 와 계시는구나. 어찌나 반가운지 우르르 뛰어들어 절을 하고 말했다.

"서방님, 향단이 문안이오. 대감님 어떠하시며 대부인은 어떠하신지요. 서방님께서도 먼 길에 평안히 오시나이까?"

"오냐. 너는 고생이 어떠하냐."

"소녀 몸은 무탈하옵니다."

향단이 어사또에게 대답하고 나서 춘향 어미를 보며 말했다.

"아씨 큰아씨, 마오 마오 그리 마오. 멀고 먼 천 리 길에 뉘 보려고 와 계신데 이 괄시가 웬 말이오. 춘향 아기씨가 아시면 지레 야단이 날 터이니 너무 괄시하지 마옵소서."

향단이 부엌으로 들어가 풋고추, 절인 김치, 고추장, 된장을 먹던 밥에 두루두루 얹고 냉수를 가득 떠서 상에 받쳐 갖고 왔다.

"더운 진지 할 동안에 우선 시장기나 면하소서."

어사또 입이 헤벌쭉 벌어진다.

"밥아, 너 본 지 오래구나."

숟가락을 댈 것 없이 손으로 밥과 반찬을 한꺼번에 뒤섞어 몰아치더니 마파람에 게 눈 감추듯 하는구나. 그 꼴을 보고 춘향 어미가 타박을 놓았다.

"얼씨구! 밥 빌어먹기는 아주 이골이 났구나."

춘향 신세가 가여워진 향단도 크게 울지는 못하고 가만가만 훌쩍이며 혼잣말을 한다.

"어찌하나, 어찌하나. 도덕 높은 우리 아기씨 누가 살리나요."

한 그릇 밥을 뚝딱 해치운 어사또가 한마디 한다.

"향단아, 울지 마라. 네 아기씨가 설마 죽기야 하겠느냐? 정절이 지극하면 다 사는 날이 있느니라."

"양반이라고 오기는 있어서."

춘향 어미가 비쭉대자 어사또가 짐짓 성난 목소리로 대꾸했다.

"대체 장모가 왜 이 모양인가. 사위를 너무 박대하네그려."

"우리 큰아씨 하는 말은 마음에 담지 마소서. 나이 많아 노망이

드는 중에 이런 일을 당하니 정신없어 하는 말이어요. 잠시만 기다리시어요. 더운 진지 지어 올리리다."

어사또와 춘향 어미가 한참을 묵묵히 앉았는데 향단이 김이 설설 나는 더운 밥상을 갖고 들어왔다.

"서방님, 더운 진지 잡수시오."

밥상을 받고 보니 어사또 괜히 마음이 울적하고 창자가 울렁울렁, 밥 먹고 싶은 마음이 눈곱만큼도 없다.

"향단아, 상 물려라."

소리친 뒤, 어사또가 피우던 담뱃대를 툭툭 털고 말했다.

"여보 장모. 춘향이나 좀 봐야지?"

"그러시지요. 서방님이 춘향이를 안 봐서야 어디 인정 있다 하겠소."

춘향 어미 끝까지 빈정대는 투다. 향단이 얼른 나서서 말했다.

"지금은 문을 닫았으니 통금이나 풀리면 갑시다."

그러는데 마침 통금을 푸는 종이 뎅뎅 친다. 향단이가 등불 들고 앞서고 어사또와 춘향 어미는 그 뒤를 따라 옥문에 다다르니, 사방은 고요한데 옥을 지키는 옥졸들도 간 곳이 없다. 이때 춘향이는 꿈인 듯 생시인 듯 멍하니 앉았다가 자기를 부르는 어미의 소리도 못 들었다.

"크게 불러 보소."

"모르는 소리. 여기서 동헌이 마주 보이는데 사또가 들으라고?"

"뭐 어때. 내가 불러 보지. 춘향아!"

어사또가 소리를 지르니 춘향이가 깜짝 놀라 눈을 번쩍 떴다.

"응? 이 목소리는 꿈결인가 잠결인가. 그 목소리 괴이하다."

"허허 참. 내가 왔다고 말해 보소."

어사또가 뒤로 물러나고 춘향 어미가 옥방을 가로지른 기둥을 잡고 앉아 말했다.

"춘향아, 잠은 좀 잤느냐."

춘향이 그제야 어미 목소리를 듣고 정신을 차린다.

"왜 또 오셨소. 몹쓸 딸자식을 살피려다 어머니 몸만 상하겠소. 다음부턴 아예 오지 마옵소서."

"나는 아무 염려 말고 너나 정신을 차려라. 왔다."

"오다니 누가 와요?"

"그냥 왔다."

"답답하여 나 죽겠소. 꿈속에서 님을 만나 온갖 정을 나눴는데 혹시 서방님께 소식 왔소? 언제 오신단 기별 왔소? 벼슬 띠고 내려온단 소문났소? 애고 갑갑하여라."

"네 서방인지 남방인지 걸인 하나 내려왔다."

"애고! 이게 뭔 소리요? 서방님이 오시다니. 꿈에 보던 님을 생시에 본단 말인가."

어사또가 옥문 틈으로 손을 내미니 춘향이 그 손을 잡고 한탄을 내놓았다.

"그토록 그린 님을 이리 쉽게 만나다니. 이제 죽어도 한이 없네. 어찌 그리 무정한가. 내 신세 이리 되어 매 맞고 죽게 되니 살리러 오셨나요?"

타령을 하다가 어사또 옷 입은 꼴 자세히 살펴보니 한심하기 짝이 없다. 벼슬은커녕 거지 중에 상거지가 되었구나. 춘향이 길게 한숨을 내쉬고 말했다.

"서방님, 어찌 이리 초라한 행색이오? 내 몸 하나 죽는 건 서러워할 것 없지만, 서방님은 왜 이 지경이 되었소?"

"춘향아. 걱정 마라. 설마 사람이 살지 죽겠느냐."

춘향이 어사또 장담을 통 믿을 수 없어 물끄러미 바라보다가 눈을 돌려 어미를 보고 말했다.

"서방님 높이 되시기를 칠 년 가뭄에 큰비 기다리듯 했는데, 이제 심은 나무는 꺾어지고 공든 탑은 무너졌소. 내가 죽지 별수가 없겠어요. 어머니, 나 죽은 뒤라도 한이나 없게 하여 주오. 내가 입던 비단 장옷 장롱 안에 들었으니 그 옷을 내다 팔아 한산 모시 바꾸어서 서방님 도포를 곱게 지어 드리시오. 또 흰색 비단 치마도 내다 팔아 서방님 관, 망건, 신발을 사 드리세요. 곧 죽을 년이 세간은 두어 무엇 하리오. 있는 대로 내다 팔아 서방님 좋은 진지 지어 드리시오. 나 죽은 뒤라도 서방님 괄시하지 마시고 날 본 듯이 섬겨 주오."

춘향이 눈을 돌려 어사또를 보고 말한다.

"서방님 내 말 들으세요. 내일이 본관 사또 생일이라 술에 취하면 나를 불러다 때릴 것이오. 이미 맞은 매도 곪았는데 또 맞으면 죽지 살 수 있겠소. 이리 비틀 저리 비틀 곤장 맞고 죽거들랑 삯꾼인 체 달려들어 둘러업고 나오시오. 우리 둘이 처음 만나 놀던 부용당 고요한 곳에 날 뉘어 놓고 서방님이 손수 염하되, 입은 옷 벗기지 말고 양지쪽에 묻어 주오. 뒷날 서방님 귀하게 되어 높은 벼슬 오르거든 내 무덤 파다가 앞산 뒷산 다 버리고 서방님네 선산발치에 묻어 주고 '수절원사춘향지묘*'라 비문에 새겨 주오."

어사또에게 하는 말을 마치고 춘향이 허공을 바라보며 혼자 탄식한다.

"애고애고 내 신세야. 서산에 지는 해는 내일 다시 오련마는 이내 몸은 한번 가면 언제 다시 올까. 불쌍한 우리 어머니 나를 잃고 재산도 다 잃고 이 집 저 집 거지처럼 떠돌겠네. 길에서 헤매다 기운 다해 죽게 되면 지리산 갈까마귀 두 날개 펄럭이며 달려들어 까옥까옥 두 눈을 파먹은들 어느 자식이 있어 '후여' 하고 날려 주리. 애고애고 설운지고."

어사또가 듣다 듣다 한마디 한다.

"춘향아 울지 마라. 네가 나를 어찌 알고 이토록 서러워하느냐. 하늘이 무너져도 솟아날 구멍이 있느니라. 걱정 마라. 다 수가 있느니라."

어사또가 춘향의 손을 따듯하게 잡아 주고 옥문을 나왔다.

* **수절원사춘향지묘**(守節寃死春香之墓) 절개를 지키다가 억울하게 죽은 춘향을 기리는 묘.

•

금동이 아름다운 술은 천 사람 피요

옥쟁반 향기로운 안주는 만 사람 기름이라

촛불 눈물 떨어질 때 백성 눈물도 떨어지고

잔치 노랫소리 높은 곳에 원망하는 소리도 높아라

•

암행어사 출두요!

어사또 이제 춘향 어미와 향단이와도 헤어졌다. 출두하기 전에 남원읍 문안과 문밖을 돌아다니며 이야기를 듣기로 했다. 먼저 이방이 일 맡아보는 길청에 갔다. 그런데 이방이 관리를 불러 이렇게 말하는 것이다.

"내 들으니 어사또가 서울서 온 이씨라고 한다. 아까 촛불 들고 춘향 어미 앞세우고 옥에 왔던 선비가 수상하다. 다 떨어진 옷과 갓을 썼지만 눈에서 빛이 나더라. 내일 사또 잔치에 찾아오거든 잘 구별해서 별 탈 없이 대접하게."

어사또가 엿듣고 "그놈이 알긴 아는구나." 하고 혼잣말을 했다.

어사또는 다음으로 군관들이 머무는 장청에 갔다. 여러 군관들이 모여서 이렇게 떠들고 있었다.

"아까 옥에서 서성이던 걸인이 괴이하더라. 아마 어사일 듯한데 소문 듣고 얼굴 그린 것 내놓고 한번 보자."

어사또가 듣고 '허, 그놈들 귀신이다.' 하고 생각하였다.

다음엔 호방이 머무는 곳에 들어갔더니 그곳에서도 비슷한 얘기들을 한다. 어사또가 빙긋 웃고 춘향 집으로 돌아와 밤을 보냈다.

날이 밝았다. 골목마다 떠들썩하니 남원과 가까운 고을 수령들이 몰려들었다. 운봉, 구례, 곡성, 순창, 옥과, 진안, 장수 원님들이 차례차례 들어왔다. 본관 사또 변학도는 주인이 되어 가운데 앉고 손님들은 양쪽으로 갈라져 앉았다. 변학도가 큰 소리로 호령했다.

"다과를 올려라! 악공은 뭐 하느냐? 풍악을 울려라! 군관은 일절 잡스러운 사람을 들이지 마라."

어느 명이라 거역하리. 풍악 소리 높이 울리고 붉은 치마에 붉고 푸른 저고리를 입은 기생들이 비단 치마 높이 잡고 맵시 좋게 춤을 춘다. 먹고 마시고 노래 부르고 춤을 추며 낭자하게 노는데 어사또가 찾아왔다. 어사또가 잔칫집에 들어가려고 문 앞에 서니 사령들이 막아섰다.

"왜 막느냐. 너희 사또께 말씀 전해라. 빌어먹는 걸인이라 좋은 잔치 소문 듣고 왔으니 술과 안주 좀 주시라고 말이다."

거지꼴이나 양반 차림이라 사령이 반말은 못하고 존대를 했다.

"어림없소. 우리 사또께서 아무나 들이지 말라 했으니 아니 되오. 어느 고을 양반인지는 모르나 썩 물러가오."

사령은 막고 어사또는 들어가겠다고 옥신각신하니 문간이 소란스러웠다. 이를 보던 손님 중에 운봉 원님이 있었는데, 그가 본관 사또에게 청했다.

"저 거지가 옷은 초라하지만 양반은 분명한 듯하오. 끝자리에 앉혀서 술이나 몇 잔 먹여 보냄이 좋을 듯하오만."

변학도가 이맛살을 찌푸렸으나 손님 청이라 거절은 못 했다.

"뭐 운봉 뜻이 그러하다면."

운봉이 변학도에게 고개를 숙여 보이고 사또 부하에게 명령했다.

"그 양반 듭시라고 해라."

어사또가 사령 안내를 받아 들어갔는데 앉을 자리는 마루 위가 아니라 마루 밑에 멍석이다. 그러거나 말거나 어사또는 단정히 앉아서 마루 위를 쳐다보았다. 모든 수령들 앞에는 온갖 떡, 온갖 과일, 온갖 술, 온갖 고기와 생선이 상다리가 부러지도록 차려져 있다. 그런데 어사또 앞에 내다 놓은 상을 보니 기가 찬다. 모서리가 떨어져 나간 개다리소반에 닥나무로 만든 젓가락을 놓고 깍두기

한 접시에 막걸리 한 사발이 전부겠다. 어사또가 상을 내려다보다가 벌떡 일어나 개다리소반을 발길로 걷어차며 소리쳤다.

"누구는 사람 입이고 누구는 개 입이냐? 나도 갈비 한 대 먹어 보자."

운봉의 상에 달려들어 갈비찜을 손으로 집어 들었다. 그런데도 운봉은 눈도 깜짝 안 하고 "이것도 드시오." 하고 닭다리를 하나 들어 준다. 어사또 말없이 받아 입이 미어터지게 고기를 뜯어 씹었다. 그런 어사또를 가만히 바라보던 운봉이 눈을 돌려 변학도를 바라보며 말했다.

"이런 잔치에 시가 없을 수 있겠소. 우리 운을 띄워 시 한 수씩 읊어 봄이 어떠하오?"

"그 말이 옳다. 선비들 잔치에 시가 빠질 수 있겠는가."

본관 사또 변학도가 고개를 끄덕이고는 "운봉이 운을 내 보오." 했다.

"기름 고(膏)와 높을 고(高)를 운으로 내겠소."

손님들 앞으로 종이와 먹, 붓이 나왔다. 손님이고 주인이고 끙끙대며 시를 짓는데 어사또가 한마디 했다.

"나도 어려서부터 한시깨나 읽었소. 좋은 잔치에 좋은 음식을 잔뜩 얻어먹었으니 시 한 수 지어 보답할까 하오."

"그 좋은 말씀이오."

운봉이 반겨 듣고 붓을 내주었다. 어사또는 붓에 먹물을 듬뿍 찍어 단숨에 쓱쓱 내리썼다.

금준미주(金樽美酒)는 천인혈(千人血)이요
옥반가효(玉盤佳肴)는 만성고(萬姓膏)라
촉루락시(燭淚落時)에 민루락(民淚落)이요
가성고처(歌聲高處)에 원성고(怨聲高)라

'기름 고'와 '높을 고'를 운자로 잘 맞춘 시인데 뜻은 이러했다.

금동이 아름다운 술은 천 사람 피요
옥쟁반 향기로운 안주는 만 사람 기름이라
촛불 눈물 떨어질 때 백성 눈물도 떨어지고
잔치 노랫소리 높은 곳에 원망하는 소리도 높아라

이렇게 지어 놓았으나 변학도와 다른 고을의 원님들은 눈치를 채지 못했다. 그러나 운봉은 시의 내용을 보고 '아뿔사, 일 났구나.' 속으로 외치고 재빨리 일어나 데리고 온 관리들을 단속하여 제 고을로 돌아가 버렸다. 운봉이 나가는 것을 보고 어사또도 밖으로 나갔다.

또 봄세!

눈치 없는 변학도는 술이 거나하게 오르자 주정이 나서 사령들에게 분부했다.

“춘향을 잡아 올려라!”

그러나 미처 춘향을 잡아 올릴 틈도 없었다.

바로 그때 어사또가 관아 밖에 모여든 서리 중방 역졸 앞에 섰던 것이다. 잔뜩 모여든 역졸들이 이리 가며 수군, 저리 가며 수군, 왕왕 개구리 떼 울듯 한다. 역졸마다 육모 방망이*의 사슴 가죽끈을 손목에 걸어 쥐었다. 여기서 번쩍, 저기서 번쩍, 남원읍이 온통 역졸로 우글댄다. 드디어 어사또가 마패를 들어 올려 햇빛에 번쩍이며 명령을 내렸다.

“출두하라!”

서리 중방 역졸이 한꺼번에 “암행어사 출두야!” 외쳤다. 그 소리에 강산이 무너지고 천지가 뒤집히는 듯 풀, 나무, 짐승, 사람 할 것 없이 다 부르르 떨었다.

남문에서

“출두야!”

북문에서

“출두야!”

* **육모 방망이** 역졸이나 포졸들이 쓰던 육각 모양의 방망이.

동문에서도 서문에서도

"출두야! 출두야!"

외치는 소리 푸른 하늘에 진동한다.

"모든 관리들은 꼼짝 말아라!"

이방이 뛰다가 육모 방망이에 후다닥.

"애고 죽겠다."

호방이 들고튀다가 후다닥.

"애고 박 터졌네."

좌수, 별감은 넋을 잃고 공방, 형방은 혼을 잃었다. 사방에서 잔치 먹으러 온 고을 수령들도 모두 도망을 치는데, 관인 대신 떡 들고 탕건 대신 술통 쓰고 갓 잃고 소반 쓰고 이리저리 내닫는다. 도망가는 사람과 잡는 사람이 뒤섞여 폭풍에 꽃잎 떨어지듯 하는데 부서지는 것은 거문고요, 깨지는 것은 북과 장구라. 본관 사또 변학도는 똥을 싸고 멍석 밑으로 숨어들어 소리친다.

"어 추워라. 문 들어온다, 바람 닫아라. 물 마르다, 목 다오."

여기저기 후다닥 휘다닥 살겠네 죽겠네 소리가 낭자하다.

소란이 정리되고 난 뒤 어사또가 자리를 잡고 앉았다. 먼저 본관 사또를 잡아서 꿇게 하고 명령을 내렸다.

"백성을 돌보지 않고 탐욕을 부린 죄가 하늘에 닿았으니, 모든 창고 문을 닫고 네 직을 파하노라!"

변학도는 이미 넋이 나가서 그저 끄덕끄덕할 뿐이다. 어사또 명령 받은 뒤 사령들이 변학도를 옥으로 끌고 갔다. 어사또가 또 분부했다.

"옥에 잘못 갇힌 죄수가 있는가?"

"춘향이가 가장 억울한 줄로 아뢰오."

사방에서 한목소리로 아뢴다.

"데려오라."

춘향은 목에 큰칼을 차고 끌려 나왔다. 춘향은 눈을 꼭 감고 고개를 숙이고 앉았다. 어사또가 그런 춘향을 잠깐 내려다보다가 형리에게 물었다.

"이 계집은 누구며 무슨 죄인고?"

"기생 월매의 딸 춘향이라 하옵니다. 본관 사또가 수청을 들라 했으나 정절을 지킨다고 사또에게 악을 쓰며 달려든 죄로 옥에 갇혔사옵니다."

"뭐라? 네 이년! 너 같은 기생 딸년이 무슨 수절을 한답시고 고을 수령에게 대든단 말이냐! 관장을 거역하고 어찌 살길 바라느냐? 만약 내 수청을 든다면 살려 줄 수 있다. 어디, 내 수청도 거절할 테냐?"

어사또 말이 천만뜻밖이라 사방에서 다 놀라는데, 춘향이는 더욱 기가 막히고 코가 막혔다. 춘향이 부채로 얼굴을 가린 어사또를 물끄러미 바라보다가 탄식한다.

"내려오는 사또마다 참으로 명관이로다. 어사또 들으시오. 층층이 쌓인 높은 절벽이 바람 분다고 넘어지며 푸른 소나무 푸른 대나무가 날 춥다고 누렇게 될까. 수청 들란 분부 거두시고 어서 단칼에 죽여 주오."

춘향은 고개를 돌려서 울고 있는 향단을 보며 말했다.

"향단아. 울지만 말고 서방님 어디 계신가 찾아봐라. 어젯밤 옥에 오셨을 때 나 죽으면 업고 가라고 천 번 만 번 당부했는데 어디에 가셨는가. 나 죽는 줄도 모르시나 보다. 어서 찾아오너라."

춘향의 가련한 목소리에 뉘 아니 눈물이 흐르랴. 어사또가 자리에서 일어나 춘향에게 가까이 가서 얼굴을 가린 부채를 내리고 말했다.

"춘향아, 내 얼굴을 자세히 보거라."

춘향이 고개를 들었다.

씨익 웃는 어사또.

춘향이 눈을 감았다 다시 떴다.

어젯밤 초라한 몰골로 상거지가 되어 왔던 서방님이다. 낮에도 그리고 밤에도 그리던 낭군님이로구나. 춘향은 웃음보다 먼저 울음이 쏟아졌다. 춘향이 울음을 우느라 말도 못하는데 향단이와 춘향 어미가 우르르 달려들어 어사또 얼굴을 요리 보고 조리 본다. 춘향 어미가 이 도령이 어사또요, 이 서방이 어사또가 틀림없는 걸 확인하고 덩실덩실 어깨춤을 춘다.

"얼씨구나 좋을시고. 어사 사위 좋을시고. 남원 읍내는 가을이 들어 단풍이 지지만 우리 춘향이는 봄바람에 오얏꽃 피는구나. 아이고 살았다, 살았어. 이게 꿈이냐 생시냐. 꿈이라면 깨지 마라."

어찌 춘향 어미뿐이랴. 온 남원 고을 사람들이 내 일처럼 기뻐하는 것이었다.

어사또가 암행어사 일을 마치고 서울로 올라가 임금께 춘향 이야기를 아뢰었다. 임금이 듣고 감탄을 하였다.

"예부터 수절한 사람은 많지만 기생 딸로 수절한 자는 드무니 어찌 아름답지 않으랴."

칭찬한 뒤 춘향에게 정렬부인을 내렸다.

이에 이몽룡은 성춘향을 서울로 데리고 올라와 아들딸 낳고 백 년을 하루같이 잘 살더라.

물음표로 따라가는 인문학 교실

고전으로 인문학 하기

고전을 읽으며 생겨나는 여러 질문에 답하며,
배경지식을 얻고 인문학적 감수성을 키워요.

고전으로 토론하기

고전을 다양한 시각으로 바라보며,
다르게 생각하는 힘을 길러요.

고전과 함께 읽기

함께 소개하는 다양한 작품을 통해,
인문학적 사고의 폭을 넓혀요.

고전으로 인문학 하기

• 성춘향과 홍길동, 둘 중 누가 실존 인물일까?

우리나라 고전 소설 주인공 중 성춘향과 홍길동만큼 널리 알려진 인물도 드물 거예요. 《홍길동전》을 읽어 본 적이 없는 사람도 동에 번쩍 서에 번쩍 홍길동은 다 압니다. 성춘향은 어떤가요? 사랑을 지키기 위해 목숨을 거는 여인의 이야기는 영화, 문학과 웹툰 등의 주인공으로 끊임없이 재탄생하고 있지요.

그런데 궁금증이 생깁니다. 이렇듯 유명한 홍길동과 성춘향은 실존 인물일까요? 전라북도 남원시 주천면에는 '만고열녀성춘향지묘'라는 비석이 세워져 있습니다. 무덤까지 있으니 당연히 성춘향은 실제 인물이지 않을까요? 그에 비하면 축지법을 쓴다는 홍길동은 왠지 허구 인물 같고요. 답을 이야기하자면, 둘 중 한 명은 확실히 허구 인물이고, 한 명은 실존 인물이라는 설이 유력합니다. 참과 거짓을 어떻게 판단하냐고요? 주장을 뒷받침할 만한 근거가 있고 없음에 따르면 되지요.

그런데 의외로, 허구 인물은 무덤까지 있다는 성춘향입니다. 사실 그 무덤에 실제로 춘향이 묻힌 것은 아니에요. 그럼 그 묘는 무엇이냐고요? 1962년 '서옥녀지묘'라는 지석*이 발견되었고, 이를 남원시에서 새로 단장하여 춘향의 묘라고 이름 붙인 것이랍니다.

국문학자 김태준이 1933년에 펴낸 《조선소설사》라는 책에는 춘향에 관한 연구가 담겨 있는데요. 저자는 전라북도 지방에 춘향과 관련된 전설이 내려오고 있다고 주장합니다.

* **지석** 죽은 사람의 인적 사항이나 무덤이 있는 곳을 기록하여 묻은 돌 같은 것.

남원에 얼굴이 매우 추하여 시집을 가지 못하고 자살한 처녀 춘향이 있었는데, 그 뒤로 남원 부사가 부임해 오는 족족 죽었다는 것입니다. 어느 작가가 소설을 지은 뒤로는 무사해졌다는 것이 저자가 밝힌 전설 내용입니다.

우리가 알고 있는 《춘향전》의 내용과 사뭇 다르지요. 게다가 저자는 춘향 이야기가 '전설'이라고 못 박고 있어요. 춘향이 실존 인물이라면 그에 따른 자료가 있을 텐데, 어디에서도 찾아볼 수 없어서 허구 인물에 그칠 가능성이 높은 것입니다.

반면 홍길동에 대한 실제 기록은 여러 곳에서 찾아볼 수 있어요. 《조선왕조실록》의 〈연산군일기〉(1500년)를 보면 "강도 홍길동을 잡았으니 나머지 무리도 소탕하게 하다."라고 쓰인 부분이 있습니다. "우의정과 영의정이 크게 기뻐하며 이번에 홍길동 무리를 다 잡아들여야 한다며 목소리를 높였다."라고도 적혀 있지요. 《조선왕조실록》에서만 홍길동이라는 이름이 10번 넘게 등장해요. 조정에 이름이 오르내릴 만큼 홍길동은 유명한 도적이었던 것이지요.

《홍길동전》의 작가는 조선 시대

문장가이자 사상가인 허균(1569~1618년)이에요. 그는 왜 이런 소설을 썼을까요? 당시에 서얼은 아무리 똑똑해도 능력을 펼치기 힘들었어요. 허균은 동시대 유명한 도적인 홍길동을 주인공으로 삼은 소설을 써서, 이러한 문제를 비판했던 것입니다.

한 걸음 더 이몽룡은 실존 인물이다?

▲ 전라북도 남원에 있는 광한루

성춘향은 허구 인물이지만, 이몽룡은 실존 인물을 모델로 한 것이라는 주장이 있습니다. 이를 뒷받침하는 자료들도 있어서 주장에 힘이 실리지요.

자료에 따르면 이몽룡의 모델은 성이성(1595~1664년)이라는 양반이에요. 성이성은 경상북도 봉화군에서 태어났는데, 아버지가 남원 부사로 부임할 때 따라가서 소년 시절을 보냈다고 합니다. 소설 속 이몽룡과 비슷한 부분이지요. 뒷날 과거에 급제하여 호남 지방의 암행어사가 되어 남원에 내려오는 것도 같습니다. 성이성은 1647년 암행어사로서 남원을 찾았을 때 《호남암행록》이라는 일기를 남겼는데요. 여기에는 "광한루 난간에 나와 앉았다. 온 들판이 눈빛이며 대나무 숲도 모두 흰빛이다. 어린 시절을 생각하며 밤늦도록 잠을 이루지 못했다."라고 쓰여 있어요. 어때요? 자연스레 이몽룡의 모습과 겹치지 않나요? 이러한 근거들 때문에 이몽룡과 성이성을 관련짓는 연구자가 많은 것이지요.

● 왜 《몽룡전》이 아니라 《춘향전》일까?

《춘향전》의 주인공은 성춘향과 이몽룡입니다. 이팔청춘 젊은 남녀의 사랑 이야기가 줄거리의 큰 축을 이루지요. 소설에는 춘향 못지않게 몽룡도 많이 등장해요. 그러면 《몽룡전》이라고 이름 붙일 만도 한데, 왜 그렇게 하지 않았을까요? 이는 소설의 주제와 관련이 있을 겁니다. 소설의 주제가 이몽룡보다는 춘향의 행위와 더욱 관련이 있다는 말이지요.

작품의 주제를 이야기하기 전에 먼저 《춘향전》이 판소리계 소설이라는 사실을 일러 두어야 할 것 같습니다. 《춘향전》은 소설로 정착되기 이전에 〈춘향가〉라는 판소리로 공연되었어요. 판소리는 청중을 앞에 두고 펼치는 공연 예술이에요. 공연자는 당연히 현장

의 분위기를 살핍니다. 오늘날 가수들이 객석에 있는 사람들의 반응을 보며 노래를 부르는 것처럼요. 판소리 공연자는 사람들이 흥미로워하는 장면을 더욱 과장하여 표현하거나, 분량을 늘리는 경우도 많았습니다. 지루한 부분은 삭제하기도 하고요.

그럼 누가 〈춘향가〉를 즐겼을까요? 바로 보통 백성인 상민입니다. 그들은 양반 이 도령보다 기생 딸 춘향의 운명에 더욱 관심을 가졌어요. 자신들과 비슷한 처지인 춘향에 감정 이입하기가 더 쉬웠거든요. 그들은 한 여인의 진실한 사랑과 신분 상승에 열광했지요. 불쌍한 춘향을 괴롭히는 변학도가 혼쭐이 나는 장면에서는 박수를 쳤고요. 사랑과 신분 상승의 욕구, 탐관오리에 대한 저항……. 자연스레 《춘향전》의 주제도 여기에 초점이 맞춰지게 됩니다.

처음에 사람들은 《춘향전》을 손으로 베껴 쓰다가(필사본), 목판에 대량으로 찍어 내서 인쇄하게 돼요(방각본). 워낙 춘향의 인기가 높다 보니 소설을 찾는 사람들도 많아졌던 것이지요. 대중들의 관심이 춘향에 쏠려 있었으니 소설의 제목도 《몽룡전》이 아니라 《춘향전》이 되는 게 당연하겠지요?

한 걸 음 더 고전 소설의 이본

고전 소설은 이본(異本)이 존재하는 경우가 많아요. 이본이란 작품의 내용이 거의 비슷하지만 부분적으로 차이가 있는 책을 말해요. 《춘향전》만 해도 120여 종의 이본이 있답니다. 이본이 생기는 이유는 뭘까요? 먼저 춘향의 이야기는 판소리로 불렸다고 이야기했지요? 처음에는 여러 사람이 판소리를 듣고 손으로 베껴 썼을 겁니다. 다시 또 다른 누군가가 이 소설을 보고 베껴 적었을 거고요. 이러한 과정에서 각자 재미있는 이야기를 더하고 지루한 부분은 빼면서 이본이 만들어지는 거예요. 《춘향전》의 이본 중에서는 춘향의 신분이 기생으로 나와 있는 작품도 있어요. 또한 이몽룡의 활약에 초점을 맞춘 이본도 있답니다. 《춘향전》의 경우 서울에서 인쇄한 경판 《춘향전》 30장본과 전라도 전주나 태인에서 인쇄한 완판 《열녀춘향수절가》 84장본이 유명해요. 우리 책은 완판 《열녀춘향수절가》 84장본을 기본으로 하고 있답니다.

• 방자는 왜 그렇게 당당할까?

《춘향전》에 가끔 등장하지만 강렬한 인상을 주는 인물이 있습니다. 바로 '방자'예요. 방자는 '통인'이라는데, 통인은 수령의 잔심부름을 하던 사람이니 낮은 신분에 속하지요. 그런데 방자는 사또 자제이며 상전인 이 도령에게 전혀 주눅 들지 않고 당당하게 행동합니다. 이 도령이 봄 향기에 취해 좋은 경치로 놀러 가자고 할 때, 방자는 이렇게 핀잔을 주지요.

"글공부하시는 도련님이 좋은 경치는 왜 찾소?"

그런가 하면 그네 뛰는 춘향을 불러오라는 이 도령의 명령에도 이렇게 대꾸합니다.

"아니 되오. 춘향이는 눈같이 흰 피부에 꽃다운 얼굴로 여기 일대에 이름 높아 관찰사, 군수, 현감이 하나같이 만나 보려 했지만 모두 실패했소. 미모에 덕행에 세상의 온갖 아름다움을 다 갖춰 여자 중에 군자라 합니다. 황공한 말씀이나 춘향이를 불러 보기는 어렵소이다."

방자는 당당해 보이기까지 해요. 상전의 명령이라고 그저 네, 네 하는 모습은 찾아볼 수 없지요. 향단도 마찬가지예요. 향단은 비록 몸종이지만, 시키는 대로 하는 수동적인 인물은 아니에요. 춘향 어미가 거지꼴을 하고 나타난 이 도령을 무시하자, 이렇게 말하지요.

"아씨 큰아씨, 마오 마오 그리 마오. 멀고 먼 천 리 길에 뉘 보려고 와 계신데 이 괄시가 웬 말이오. 춘향 아기씨가 아시면 지레 야단이 날 터이니 너무 괄시하지 마옵소서."

향단은 춘향 어미에게 자기 생각을 당당하게 이야기합니다. 춘향 어미 월매 역시 자기 의견을 솔직하게 표현한다는 점에서 주체적인 모습을 보입니다.

신분 차이가 엄격한 사회에서 어떻게 방자나 향단 같은 인물들

이 자신감 넘치게 행동할 수 있었을까요? 이는 당시의 사회상을 반영한 것이라고 볼 수 있어요. 《춘향전》은 임진왜란(1592년)과 병자호란(1636년)을 지나서 창작되었을 것으로 추정돼요. 두 번의 큰 전쟁은 조선을 뿌리째 뒤흔들었지요. 전쟁 후 나라는 피폐했고, 신분이나 체면보다 먹고사는 일이 중요해진 거예요. 상민이 돈을 많이 벌어서 큰소리치며 살기도 했고 나중에는 양반이 되는 일까지 있었지요. 조선을 굳건히 지켜 오던 신분 사회에 틈이 생긴 것입니다.

이러한 시대상은 당연히 이야기 속에 스며들게 마련입니다. 《춘향전》의 인물들은 변화의 흐름을 잘 보여 주는 거울 같은 존재들입니다. 신분 사회에서 제 목소리를 내지 못하던 이들이 주체성을 갖게 되는 모습을 보여 주고 있지요. 물론 이와 동시에 '사랑'이라는 인간의 보편적인 정서를 담고 있기도 합니다. 변화해 가는 시대에 인물들이 어떻게 사랑하는지를 잘 보여 주는 작품이라 하겠습니다.

한 걸음 더 《춘향전》의 작가가 있다?

《춘향전》은 작자 미상, 연대 미상의 판소리계 소설이에요. 그런데 《춘향전》을 쓴 작가의 추정이 가능하다는 주장이 있습니다.

《춘향전》 연구자로 유명한 설성경 교수는 조경남(1570~1641년)이라는 장군이 《춘향전》의 원작자라고 보았습니다. 조경남은 임진왜란 때 의병을 이끌고 왜적을 무찌른 의병장이에요. 그런데 앞서 이야기한 이몽룡의 실제 모델인 성이성이 바로 조경남의 제자였습니다. 설성경 교수는, 조경남이 전쟁으로 인해 피폐해진 백성들을 보며 가슴 아파하다가 암행어사가 등장하는 《춘향전》을 지어 보통 사람들의 삶을 살피고 밝은 미래를 제시한 것이라고 주장했지요.

그런데 고전 소설의 작가를 아는 것이 작품을 이해하는 데 도움이 될까요? 작가를 알면 그의 삶과 가치관, 세계관 등을 따라가며 작품을 더욱 깊이 있게 이해할 수 있습니다. 그러나 반대로 고전 소설의 다양한 이해를 막을 수도 있지요. 이런 면에서 《춘향전》을 조경남이라는 한 작가의 작품으로 고정하는 것은 위험합니다. 만약 조경남을 원작자로 본다고 하더라도 이미 수많은 사람들에 의해 다듬어져 온 다양한 《춘향전》의 이본에 대한 연구는 계속되어야 할 것입니다.

고전으로 토론하기

● 토론 주제 하나 몽룡, 춘향을 진심으로 사랑했나?

《춘향전》을 놓고도 나눌 이야기들이 많습니다. 먼저, 이몽룡의 사랑에 대한 의문입니다. 춘향의 사랑은 의심할 여지가 없습니다. 목숨을 걸고 변학도의 수청을 거부했으니까요. 그런데 과연 이몽룡도 춘향과 같은 마음이었을까요? 《춘향전》에 나오는 인물들의 가상 토론을 통해 생각해 봐요.

변학도 내가 쫄딱 망했지만 말이야, 할 말은 있다!

성춘향 저런 못된 인간 같으니. 그래, 어디 무슨 말인지 들어나 봅시다.

변학도 불쌍한 춘향! 정말 이몽룡이 널 진심으로 좋아했다고 생각한단 말이냐?

이몽룡 어허, 왜 가만있는 나를!

변학도 솔직히 16살이 사랑을 알긴 아나? 그저 장난삼아 만나 본 거겠지.

성춘향 지금 서방님 사랑을 의심하는 거요?

이몽룡 근거 없는 헛소리 마시오.

변학도 춘향아, 생각해 봐라. 이몽룡이 널 사랑했다면 왜 서울로 간 뒤 편지 한 장 없었겠냐?

이몽룡 무슨 말씀! 나는 단 하루도 춘향을 잊은 적이 없어.

변학도 그런데 왜 편지를 쓰지 않았나?

이몽룡 허허, 그럴 시간이 어디 있나? 얼른 과거에 급제해야 춘향을 데려오지.

변학도 솔직히 이야기해 보게. 서울에 가니 예쁜 처자들이 많아 넋이 나갔던 건 아닌가? 천 리 멀리 떨어져 있는 춘향이 생각이 하나도 나지 않았겠지.

성춘향 하긴 서방님이 좀 무심하긴 했지.

이몽룡 내…… 내가?

성춘향 서방님은 암행어사가 되어서 우리 집에 왔을 때도 밥만 잘 먹었다면서요? 나는 옥에 갇혀서 다 죽어 가는데 말이에요.

이몽룡 허허, 억울하네. 매 맞은 너를 보고도 태평해 보였던 건 내가 암행어사였기 때문이지. 하루만 지나면 널 구할 수 있지만, 그전까지는 내 신분을 숨겨야 하니 속마음을 다 내보일 수 없었어.

변학도 변명 참 잘하는군. 그나저나 다시 한 번 물어야겠네. 왜 서울 가서 편지 한 통 없었던 건가?

이몽룡 아니, 언제부터 편지가 사랑의 증거가 됐지? 편지만 쓰고 앉았으면 공부는 누가 하고 과거 급제는 어떻게 하나?

변학도 흥분하는 걸 보니 속마음을 들켰나 보군. 자네는 과거 급제에 실패했다면 춘향이 죽든 말든 신경 쓰지 않았을 거야. 그저 자기 앞길 가리기에 급급했겠지.

성춘향 그래도 나는 서방님을 믿네. 내가 사랑하는 사람이니 끝까지 믿어야지.

● 토론 주제 둘 변학도의 요구는 정당한가?

이번에는 변학도의 행동을 놓고 이야기해 봐요. 변학도는 나라의 기강을 내세워서 춘향에게 수청을 들라고 합니다. 마치 자신의 행동이 떳떳한 듯 명령하지요. 과연 그의 행동은 정당할까요?

변학도 춘향이 네가 그래도 똑똑한 줄 알았는데 실망이구나. 생각 있는 인간이라면 당장 목숨을 구하는 게 중요하다는 걸 잘 알 텐데, 왜 내 수청을 거절한 것이냐?

성춘향 어리석군. 내가 똑똑하니 당신의 명령을 거절한 것이다.

변학도 어허, 내 말을 따랐으면 매 맞고 옥에 갇히는 일은 없었을 텐데도?

성춘향 당신은 날 장난감 취급했지. 그런 이에게 붙어 내 목숨을 부지한다면 무슨 의미가 있겠는가. 당신은 날 노리개로 여기다 버릴 것이 뻔해. 하지만 서방님은 그런 사람이 아니라네.

변학도 이몽룡을 믿는가?

성춘향 내가 선택한 사람이라네. 내가 설마 사람의 진심도 몰라보겠는가?

이몽룡 역시 똑똑한 내 짝이야! 설마 변학도가 죄 없는 백성을 죽일 리도 없고…….

변학도 난 진짜 죽일 생각이었네. 어떻게 기생 딸이 사또의 명을 거절한단 말인가?

이몽룡 뭐라고? 그렇다고 사람을 죽이다니!

변학도 공부 좀 했다는 자네가 이리도 모르나! 어미인 기생이 천하니 춘향도 천한 신분이야. 그런데도 감히 내 청을 거절했지. 이는 신분 제도라는 조선 사회의 뿌리를 흔든 것이나 다름없단 말이다.

성춘향 아이고, 학자에 충신 나셨구먼.

변학도 그러엄! 사대부는 나라를 다스리고, 농부는 농사를 짓고, 기생은 수청을 들고!

성춘향 말이 안 통하는군. 이보시오, 세상이 어찌 바뀌었는지 모르오?

변학도 어떻게 바뀌었는데?

성춘향 임진왜란, 병자호란을 거치면서 사람들의 생각이 달라졌지. 전쟁이 일어난 뒤 당장 먹고사는 게 문제인데 신분이 대수인가?

이몽룡 맞다 맞아!

성춘향 그 추악한 마음을 윤리니 기강이니 하며 감춰 봤자 나에겐 씨알도 안 먹힌다네. 변학도 자네 같은 탐관오리는 백성을 못살게 굴며 수탈을 일삼지. 나한테 했던 행동도 권력을 이용해 욕심을 채운 것이고. 조선 시대 사대부는 그리하라고 가르치던가?

이몽룡 옳소!

성춘향 그저 변학도 자네는 못된 인간인 데다 시대의 흐름마저 읽지 못한 어리석은 사람일 뿐이라네.

변학도 뭐야?

성춘향 윤리를 이야기하며 한 인간의 존엄성을 짓밟다니! 그런 못되고 멍청한 자에게 수청? 지나가는 개가 웃네!

이몽룡 역시 춘향이 최고야! 예쁘지, 똑똑하지, 정절도 지킬 줄 알지! 조선의 열녀답다네.

● 토론 주제 셋 춘향, 열녀인가? 당당한 여성인가?

이번에는 작품의 주제에 대해 생각해 봐요. 표면적으로 《춘향전》은 여성이 열녀가 되어야 한다고 강조하는 소설로 보입니다. 춘향은 죽음을 무릅쓰고 정절을 지킨 여인이니까요. 그러면 정말로 《춘향전》은 열녀에 대해 강조한 소설일까요? 춘향을 새로운 시각으로 볼 수는 없을까요?

변학도 정절? 기생 딸이 열녀가 되겠다니 지나가던 개가 웃네.

성춘향 거참 말 잘했네. 난 열녀가 아니라네.

이몽룡 춘향이 네가 열녀가 아니면 누가 열녀란 말이냐! 후대 사람들이 묘비까지 세워서 널 기리는 데는 다 이유가 있는 것이다.

성춘향 서방님, 난 열녀로 기억되기를 바라지 않아요.

이몽룡 열녀는 여인에게 내리는 칭찬인 것을…….

성춘향 그건 칭찬이 아니라 족쇄기도 해요.

이몽룡 족쇄라고?

성춘향 남편을 따라 죽으면 열녀라고 하고, 평생 수절해도 열녀라고 하지요. 그런데 이렇게 사는 삶이 과연 행복할까요?

이몽룡 음, 행복하지 않겠구나.

성춘향 어쩌면 그들은 열녀가 되기를 강요받았는지도 몰라요.

이몽룡 억지로 열녀가 되었단 말이냐?

성춘향 네. 유교 사회인 조선에서는 남자는 높고 여자는 낮다고 생각했지요. 그런데 사회 질서가 흔들리니까 나라에서는 억지로라도 열녀를 만들어 내서 기강을 잡을 필요가 있었겠지요. 제가 굳이 거기에 따라야 하나요?

변학도 듣다 보니 궁금하네. 그런데 왜 네 입으로 '열녀는 두 지아비를 섬기지 않는다.'라고 한 게냐?

성춘향 자네 수청을 죽어도 들기 싫어서 열녀 핑계를 댔네. 나라의 기강을 바로잡는다면서 왜 유교 사회에서 그렇게 중요하게 여기는 여인의 정절을 깨뜨리려 하는가? 이거 모순 아닌가?

이몽룡 춘향아, 그럼 너는 열녀가 아니라 무엇으로 기억되고 싶으냐?

성춘향 한 남자를 향한 사랑과 신의를 지킨 여성, 폭력 앞에서도 당당한 여인이라고 여겨 주세요.

이몽룡 당당한 여인이라!

성춘향 조선 시대 여인이라면 수동적이라고 생각하기 쉽지요. 하지만 저는 애초에 제가 원하는 사람을 만나기 위해 노력했어요. 또한 권력을 갖고 저를 이용하려 했던 변학도 앞에서도 당당하게 행동했지요.

이몽룡 정말 그렇구나. 내가 멋진 여인을 사랑해서 다행이다!

성춘향 전 지배층에게 굴복하지 않았던 여인, 신분의 한계를 뛰어넘은 한 인간으로 기억되고 싶어요.

이몽룡 네 마음을 잘 알겠다. 춘향이야말로 조선의 주체적인 여인이구나!

고전과 함께 읽기

《춘향전》과 함께 보면 좋은 영화나 책 등을 소개합니다. 다양한 작품을 통해 고전 이해의 폭을 넓히고 재미를 느껴 보길 바랍니다.

소설 《부활》 어떻게 구원받을 수 있을까?

《부활》의 주인공은 여인 카추샤와 청년 네플류도프입니다. 이들은 《춘향전》의 성춘향, 이몽룡과 상황이 비슷해요. 네플류도프는 거대한 영지를 상속받게 될 귀족 계급인 반면, 카추샤는 비천한 하녀 계급이지요. 둘은 《춘향전》의 주인공들처럼 꽃다운 나이에 만나서 사랑에 빠졌지요. 소설에서는 그들이 서로의 존재만으

▲《안나 카레니나》, 《전쟁과 평화》 등을 쓴 소설가 톨스토이(1828~1910년)

로 행복을 느꼈다고 표현해요. 둘은 사랑에 빠져 버린 것입니다. 몽룡이 광한루에서 춘향을 보고 한눈에 반했던 장면이 떠오르네요.

그런데 《부활》의 주인공들도 이별을 맞습니다. 네플류도프는 카추샤와 하룻밤을 보낸 뒤 떠나 버렸지요. 다시 돌아온다고 약속했으나 약속을 지키지 않았습니다. 춘향에게 그러했듯 카추샤에게도 고난이 닥쳐오지요. 네플류도프의 아이를 임신한 카추샤는 집에서 내쫓기고, 설상가상으로 아이도 태어나자마자 죽어 버립니다. 카추샤는 결국 매춘부 신세가 되고, 손님을 죽이고 돈을 도둑질했다는 누명을 쓰고 경찰에 구속되었지요. 이를 모르는 네플류도프는 그동안 부유한 귀족으로서 방탕한 생활을 누립니다.

10여 년이 지난 뒤, 드디어 둘은 재회합니다. 네플류도프가 카추샤의 재판에 배심원으로 참여하면서 다시 만나게 되었지요. 그런데 《춘향전》의 재회에는 기쁨이 넘치지만, 《부활》은 다릅니다. 더 이상 카추샤에게서 과거의 사랑스러움은 찾아볼 수 없었어요. 그녀는 더럽고 부석한 얼굴로 예전에 사랑했던 이에게 돈이나 바라고 있었지요.

▲ 화가 레오니드 파스테르나크가 그린 《부활》의 삽화

네플류도프는 카추샤가 절망스러운 인생을 살게 된 것이 자신의 잘못 때문이라고 판단하고, 카추샤를 위하여 살기로 결심합니다. 카추샤가 강제 노동 형벌인 시베리아 유형을 선고받자 거기까지 따라갑니다. 또한 방탕한 삶을 정리하고 청년 시절의 순수한 열정을 되살리기로 마음먹습니다. 그는 자신이 갖고 있던 영지를 농민들에게 되돌려 주고, 큰 저택도 버리기로 작정했지요. 카추샤에게 용서받아야겠다는 마음이 더 많은 이들을 향한 '구원'으로 확대되는 순간입니다.

네플류도프가 사회와 공익을 위해 살기로 다짐하면서 소설은 끝나지요. 그럼 둘의 사랑은 어떻게 되었냐고요? 자세한 이야기와 결말은 직접 소설을 읽으며 확인해 보세요.

《부활》은 당대 러시아 사회를 정면으로 비판하는 소설이기도 합니다. 톨스토이가 글을 쓰던 때인 19세기의 러시아는 실제로 농사짓는 농부들이 땅을 갖지 못했습니다. 그들에게는 '농사짓는 노예'라는 뜻의 '농노'라는 이름이 붙었지요. 《부활》의 네플류도프는 이러한 불합리를 해결해야 한다며 '경자유전(耕者有田)', 그러니까 땅을 경작하는 사람이 땅을 가져야 한다고 주장합니다. 그리하여 자기가 가진 땅부터 포기했던 것이지요.

《부활》은 사회 문제를 깊이 있게 다루는 소설입니다. 이러한 점들을 새기며 읽어 보아도 알찬 독서가 될 것입니다.

'경자유전'

운문 〈풀〉 민중은 왜 위대할까?

금동이 아름다운 술은 천 사람 피요
옥쟁반 향기로운 안주는 만 사람 기름이라
촛불 눈물 떨어질 때 백성 눈물도 떨어지고
잔치 노랫소리 높은 곳에 원망하는 소리도 높아라

《춘향전》에 나오는 이 시를 기억하지요? 시를 읽으면 탐관오리의 횡포에 신음하는 백성들의 모습이 생생히 그려집니다. 권력을 가진 지배층이 자신의 배를 채우는 데만 급급하다면 수많은 이들

이 고통받을 수밖에 없겠지요.

탐관오리가 조선 시대에만 있던 것은 아니에요. 시인 김지하(1941년~)는 1970년에 발표한 〈오적〉이라는 시에서 사회의 발전을 막는 다섯 계층의 적이 있음을 밝혔어요. 그들은 권력과 돈을 가진 재벌, 국회 의원, 고급 공무원, 장성(장군), 장차관이었지요. 김지하는 시를 통해 오적들의 호화로운 생활을 비판했는데, 그들의 부유하고 안락한 삶이 모두 민중의 희생으로부터 나온 것이라고 보았기 때문이에요.

그럼 오적과 같은 소수 지배층을 제외한 대다수의 사람들은 불행할 수밖에 없는 걸까요? 하지만 민중은 위대합니다. 힘없고 어리석어 보이지만 결코 쉽게 무너지지 않아요. 시인 김수영(1921~1968년)의 시를 함께 읽어 봐요.

풀

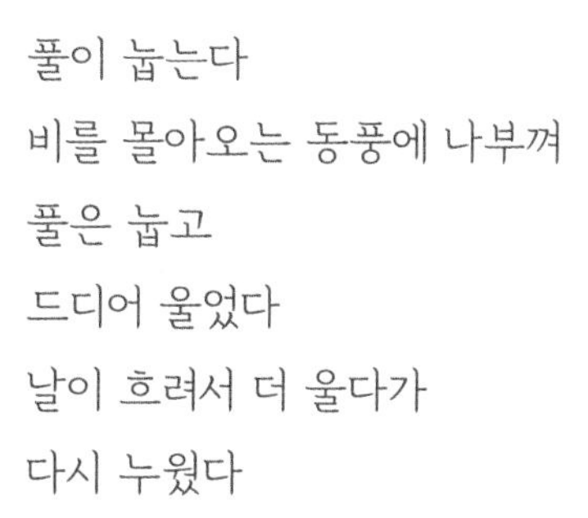

풀이 눕는다
비를 몰아오는 동풍에 나부껴
풀은 눕고
드디어 울었다
날이 흐려서 더 울다가
다시 누웠다

풀이 눕는다
바람보다도 더 빨리 눕는다
바람보다도 더 빨리 울고
바람보다 먼저 일어난다

날이 흐리고 풀이 눕는다
발목까지
발밑까지 눕는다
바람보다 늦게 누워도
바람보다 먼저 일어나고
바람보다 늦게 울어도
바람보다 먼저 웃는다
날이 흐리고 풀뿌리가 눕는다

어때요? 풀의 강인한 생명력이 느껴지나요? 여기서 '풀'은 '민중'을 떠올리게 해요. 민중은 권력자의 횡포에 나약하게 무너지는 듯 보이지요. 마치 바람이 불면 풀이 눕는 것처럼요. 하지만 풀은 바람에 누울지언정 절대 부러지지 않으며, 나중엔 바람보다 빨리 눕고 바람보다 먼저 일어납니다. 시인은 바람이 풀의 뿌리까지 뽑을 수 없는 것처럼 민중 또한 끈질긴 생명력으로 어려움을 극복해 낼 것이라고 생각했어요.

민중의 힘은 '함께'라는 데서 나옵니다. 고통받는 자들이 제자리에서 한탄하기만 한다면 변화를 이뤄 낼 수 없겠지만, 서로 손을 잡고 기대면 큰 힘을 낼 수 있을 것입니다.

《춘향전》처럼 암행어사가 모든 문제를 해결해 준다면 얼마나 좋을까요? 하지만 오늘날의 사회는 너무나 복잡해서, 한 명의 위대한 지도자가 세상을 바꾸기는 어려울 거예요. 능력 있는 지도자를 알아봐 주고, 권력을 가진 자들을 감시하고, 깨어 있는 이들이 많아져야 하지요. 그들이 서로 어깨를 끌어안고 함께 손을 잡고 걸어갈 때, 사회의 문제들은 조금씩 해결될 수 있을 것입니다.

고전 《옥단춘전》 《춘향전》을 똑 닮은 소설이 있다고?

이번에는 《춘향전》과 비슷한 고전을 하나 소개할게요. 춘향전의 자매편이라고도 불리는 《옥단춘전》이에요. 두 소설은 등장인물의 이름부터 닮았답니다. 성춘향과 옥단춘은 이름에 모두 '춘'이 들어 있고, 이몽룡과 이혈룡은 둘 다 '룡'으로 끝나지요. 또 성춘향은 기생의 딸이며(판본에 따라서는 기생이라고 되어 있기도 해요) 옥단춘은 기생이에요. 이몽룡과 이혈룡 모두 암행어사가 된다는 점도 비슷하답니다.

《옥단춘전》의 줄거리를 살펴볼까요? 이혈룡과 김진희라는 두 사내는 어릴 때부터 친형제처럼 가까이 지냈어요. 그들은 어려움에 처했을 때 서로 돕기로 굳게 다짐했지요. 그런데 이혈룡은 과거

에 떨어지고, 김진희는 급제하여 평안 감사가 되었어요. 이혈룡은 김진희에게 도움을 청하려고 했지만 김진희는 거지꼴을 하고 온 친구를 강물에 빠뜨려 죽이려고 했답니다. 이때 의리 있는 기생 옥단춘이 나타나 이혈룡을 살리고, 그와 인연을 맺은 뒤 물심양면으로 돕지요. 마침내 이혈룡은 과거에 급제하고, 김진희를 벌하며 옥단춘과 행복하게 살았다는 내용입니다.

《옥단춘전》에는 사랑에 빠진 옥단춘의 심정이 잘 묘사되어 있는데요. 옥단춘은 이혈룡을 서울로 보낸 뒤 이렇게 한탄합니다.

'오늘 올까 내일 올까, 오늘이나 소식 올까 내일이나 편지 올까. 밤낮없이 문에 나와 기다려도 소식이 딱 끊겼으니, 독수공방 외로운 저 방 안에 게 발 물어 던진 듯이 홀로 앉아 생각하니 님 생각이 절로 날 때, 님의 음성 귀에 쟁쟁 옥 같은 님의 모양 눈에 삼삼하다.'

그런가 하면 암행어사가 된 이혈룡이 거지 흉내를 내고 찾아왔을 때 옥단춘은 이렇게 말하지요.

"일생을 살다 보면 여러 일을 겪게 되지요. 한탄하지 마시고 원망하지 마시고 근심하지 마십시오. 과거는 하늘이 내리는 운이오니 올해뿐 아니라 다음 해에도 다시 보시면 되지요. 내 집에 옷이 없소? 밥이 없소? 그만한 일을 장부가 근심하면 큰일을 하지 못하는 법입니다."

사랑하는 사람이 쫄딱 망해 버렸는데 이렇게 응원하기가 쉽지는 않을 겁니다. 아무 걱정 말라며 이혈룡을 격려하는 옥단춘의 사랑이 정말 대단하지요. 애초에 이혈룡이 서울로 과거를 보러 갈 때도 춘향처럼 울고불고 매달리지도 않았습니다. 어서 과거를 보라고 응원했지요.

소설을 읽다 보면 《춘향전》과 《옥단춘전》 사이에 비슷한 점이 많지만 차이점 또한 많다는 사실을 알게 될 거예요. 둘을 비교하면서 읽으면 더욱 재미있게 고전을 감상할 수 있답니다.

《옥단춘전》은 옥단춘과 이혈룡의 사랑이 주를 이루는 소설이지만, 또 하나의 주제를 찾을 수 있습니다. 바로 '붕우유신(朋友有信, 벗과 벗 사이의 도리는 믿음에 있다)'이랍니다. 이는 이혈룡과 김진희의 관계에서 찾을 수 있어요. 친구가 거지꼴로 왔다고 해서 단번에 내치는 김진희는 그야말로 신의 없는 인간이에요. 그래서 상대가 어떤 상황에 놓였든 끝까지 의리를 지키는 옥단춘의 사랑이 더욱 빛나는 것이 아닐까요?

물음표로 따라가는 인문고전 10

춘향전 폭력 앞에서 당당할 수 있을까?

1판 1쇄 발행일 2018년 6월 15일 | 1판 3쇄 발행일 2022년 5월 10일

글 장주식 | 그림 영민
펴낸이 권준구 | 펴낸곳 (주)지학사
본부장 황홍규 | 편집장 윤소현 | 편집 양선화 박보영 김승주 | 디자인 최지윤
마케팅 송성만 손정빈 윤술옥 이혜인 | 제작 김현정 이진형 강석준 방연주
등록 2010년 1월 29일(제313-2010-24호) | 주소 서울시 마포구 신촌로6길 5
전화 02.330.5263 | 팩스 02.3141.4488 | 이메일 arbolbooks@jihak.co.kr
ISBN 979-11-6204-029-4 44810
ISBN 979-11-85786-85-8 44810 (세트)
잘못된 책은 구입하신 곳에서 바꿔 드립니다.

제조국 대한민국 사용연령 10세 이상
KC마크는 이 제품이 공통안전기준에 적합하였음을 의미합니다.